# Enigmas do Coração III
## Uma Chance para o Amor

## Do Original Heart Puzzle III
## A Chance for Love

### L.S.Schwanke

# *Para minha Mãe Ruth Emma*

## 11-Jan-1935 a 26-Julho-2016

Toda minha inspiração, toda minha alegria, todo meu desejo de fazer um mundo melhor, todas as minhas ações positivas, todos os meus livros, todos os romances e aventuras, todas as minhas viagens, todas as pesquisas, todas as fotos que tirei ao redor do mundo, eu agradeço a ti mãe.

Você me ensinou tudo que eu sei; você salvou tantas vezes a minha vida com teu amor e fé.

Você nunca desistiu de mim mesmo nos piores momentos.

Você sempre acreditou no meu talento.

Você sempre me motivou a continuar escrevendo.

Você não faz ideia do quanto me fez feliz quando me contou que se sentia com quinze anos novamente quando lia minhas estórias.

Você não faz ideia de quão compensador era quando você me recontava partes dos meus livros rindo como se você realmente fizesse parte das estórias.

Você não faz ideia de quão importante foi sentir como se eu estivesse te dando mais tempo para aproveitar a vida aqui na terra.

Mas tenho certeza que agora mãe você está realmente vivendo em seus plenos quinze no mundo espiritual, que você se sente livre das amarras que a mantinha presa. Que agora mãe você pode fazer o que quiser sem se preocupar com nada.

Agora mãe, você pode viajar no tempo e no espaço, pode estar em todo o lugar, pode entender todas as línguas e está realmente livre para fazer parte das minhas estórias.

Obrigado mãe, por estar aqui por mim e agora lá muito mais perto da minha alma.


Te amo com todo meu Coração!

# Índice

# Agradecimentos

Obrigado a Eliane, minha querida amiga, eu desejo do fundo do meu coração que você encontre alguém maravilhoso como o Klaus para preencher seu coração com o mais puro e intenso amor.

E um beijo especial para a mina para a vida toda Lúcia, que sempre está aí para preencher meu coração com alegria.

# CAPÍTULO 1

## O primeiro mês de Klaus no Brasil

Bom dia crianças! Quem quer ir para a praia para andar de caiaque comigo? Pergunta Klaus.

Que dia é hoje? Pergunta Hanna ainda meio dormindo.

É um dia quente e ensolarado!!! Diz Klaus.

Mas nós temos que ir para a escola, lembra?

Hoje não, hoje é dia de andar de caiaque com o tio Klaus...

Eu quero dormir, diz Willi.

Eu também.... Diz Hanna.

Vocês estão loucos? O sol está enorme lá fora e vocês querem ficar dormindo?? Vão sonhando...

Ele pula sobre eles fazendo cócegas neles... Willi não consegue parar de rir, para, para... ou eu vou fazer pipi nas calças...

Você não vai... diz Klaus rindo...

Sim, ele vai... outro dia o pai estava fazendo cócegas nele e ele fez pipi por todo o chão...

O quê??? Pergunta Klaus tirando suas mãos de Willi.

Não seu tolo... ela tá só brincando... agora nós vamos ver quem é que vai se urinar todo... ao ataque Hanna!!!

Uhu... vamos fazer cócegas no tio Klaus até ele fazer pipi...

Socorro!!! Socorro!!!

O que está acontecendo aqui? Pergunta Emily rindo...

Eles estão tentando me matar de rir...

Ah é? Deixe-me ajuda-los um pouquinho...

Ah não, Hans... Ajuda!!!

O quê??? Ó, vocês estão atacando Klaus the Maus???

Deixe-me ajudar...

Não, não ajude eles... você é meu amigo, me ajude...

O quê??? Eu não consigo te ouvir... alguém está rindo muito alto...

Sou eu... seu tolo... me ajude, por favor!!!

Ok, pessoal, vamos dar uma folga para ele... senão ele vai fazer pipi na sua cama Willi...

Ó, não, vamos parar Hanna... mãe... eu não quero trocar os lençóis hoje...

Está bem... uau... estou cansada... e minhas bochechas estão doendo...

As nossas também... hehehe.

Que dia é hoje pai...

É sábado querida... por quê?

Porque o tio Klaus nos convidou para andar de caiaque...

Ó, ótima ideia... vamos tomar café e ir para a praia...

Oba... eu adoro ir para a praia... diz a Hanna bem feliz...

Afinal temos que treinar para a nossa aventura de rafting em breve...

Ah sim... nós podemos dar a volta ao redor da ilha hoje, é um lugar bonito para mostrar para os seus futuros clientes, diz Hans.

Ok, vamos lá...

Vamos colocar os dois caiaques para 2 sobre o carro então...

Mas nós estamos em 5 pai...

Não se preocupe Willi vocês quatro podem ir, eu já fiz isso muitas vezes, eu fico aqui e preparo o almoço, está bem?

Ok, tem certeza? Pergunta Hans.

É claro querido, vão e divirtam-se vocês 4.

Eles tomam café e colocam todas as coisas sobre o carro e dentro do porta malas eles colocam os coletes salva-vidas, toalhas, frutas e suco para fazer um piquenique na ilha.

Ainda está frio para nadar, então eles colocam roupas de neoprene para não pegar um resfriado depois do passeio.

Quando eles chegam à praia o sol já está alto, mas não o suficiente o que maravilha Klaus com a beleza dos raios do sol sobre as águas.

É mágico aqui... olhe para a ilha e veja como as árvores estão mais iluminadas com o sol brilhando sobre elas... eu poderia viver naquela ilha para sempre...

Eu também, diz a Hanna...

Todos riem, pois isso é tão óbvio vindo dela...

O quê?? Ela pergunta... eu realmente poderia viver lá; poderia ser a minha casa de bonecas...

Boa ideia... mas agora nós só vamos lá para explorar um pouco e fazer um piquenique, está certo?

Ok, por agora... mas um dia eu vou comprar aquela ilha para mim...

Porque não... tudo é possível... nós só temos que sonhar ... nunca se sabe o que pode acontecer...

Como aconteceu comigo diz Willi... eu sempre sonhei com dragões, e agora eu sou famoso por todo o mundo por causa do dragão de São Jorge... e conheci a rainha... e vou estudar na Universidade de Portsmouth com o patrocínio dela...

Com Anna Beth, não se esqueça... nossa irmã de Oxford...

É.... tudo isso aconteceu por causa da sua curiosidade... se você não fosse curioso talvez tivesse um futuro sem graça... sem essas emoções que você viveu ao longo desse ano...

Agora eu posso continuar sonhando sobre ser um paleontólogo e encontrar novos dinossauros...

Ou dragões... nunca se sabe...

É... se não fosse por nós, talvez eles não encontrassem o resto das partes daquele dragão... diz Willi contemplando o horizonte...

Se não fosse por você... você encontrou todas as evidências que eles precisavam para provar que o dragão era legítimo... diz Klaus.

Mas você ajudou...

Não, mas você foi lá sozinho na primeira vez e encontrou tudo sozinho...

Ok, rapazes... Klaus está certo, você é meu herói, diz Hans...

E o tio Klaus é o meu herói, diz Hanna...

Por quê? Pergunta Hans.

Porque ele trouxe meu irmão a salvo de volta para casa...

Isso é verdade, você é meu herói também Klaus, diz Hans. Agora vamos andar de caiaque... "Um por todos" ...

... "e todos por um" ... dizem os 3 juntos...

Eles sobem nos caiaques e começam a remar encarando as ondas perto da orla. Depois delas a água parece um espelho... tão calma, tão pacífica... está muito clara então Hanna pode ver alguns peixinhos nadando perto do caiaque...

Olhe tio, que bonitinho... parece com o amiguinho da pequena sereia...

Ah, o Linguado... eu acho que é ele mesmo, não acha?

Ach tio, é só fantasia... não seja bobo...

Está certo, eu esqueci que você não é mais criança...

Mas eu ainda gosto de assistir Bob esponja...

Ah eu também...

A mãe odeia ele...

Sério? Por quê? Ela não gosta de hambúrguer de siri?

Não, ela diz que odeia porque quando o Willi era pequeno, ele ganhou um boneco do Bob esponja que tinha um megafone e ela disse que ele gritava que nem doido...

ela não suportava mais Willi apertando o botão o dia todo...

Oh, pobre Emily... eu posso imaginar a situação... e o Willi provavelmente fazia isso de propósito...

Sim, Willi era mau com a mãe.

Mas você não é eu suponho...

Não, eu sou uma menina boazinha...

Tá certo...

Então rapazes estamos muito longe da ilha?

Uns 100 metros mais ou menos, diz Willi...

Não é longe, não é?

Não, é só 500 metros da costa, diz Hans.

Engraçado que não está lotada todos os dias...

Não, é proibido, nós podemos ir lá porque eu conheço algumas pessoas importantes aqui, então eles disseram que quando a gente quisesse ir lá para fazer piquenique ou pescar, podíamos ir, nós só não poderíamos tirar nada da ilha.

Nós temos que ajudar a preservá-la. Então nós vamos lá às vezes só para checar se não tem lixo ou animais mortos.

Oh, vocês são quase sócios do clube da ilha...

É algo do tipo...

# Capítulo 2

## Na Ilha das Cabras

Uau é bonito aqui, diz Klaus encantado com o local.

Vamos caminhar por aqui assim você poderá ver como é a floresta brasileira.

Depois de dar uma olhada nós poderíamos fazer um piquenique aqui nesta clareira e ver a praia. Diz Hanna.

Boa ideia querida.

Vocês vão e eu vou ficar aqui organizando o piquenique ok?

Está certo, vamos lá rapazes.

Enquanto a Hanna está organizando o local colocando o cobertor e as frutas ela ouve um barulho, como um bebê chorando, não um humano, mas um bebê animal, então ela decide procurar por ele.

Ela começa a imitar o mesmo barulho para captar a atenção do pequenino, assim que ela se aproxima ela ouve mais alto,

então ela vê debaixo dos arbustos o que parece ser um pássaro, mas é maior do que um pássaro normal, quando ela levanta os galhos ela diz...

Ôa... Isso não pode ser de verdade... o que você está fazendo aqui amiguinho, vem cá, vem...

Então ela o pega com bastante cuidado e volta para o cobertor.

O que você está fazendo aqui? Onde está sua mamãe?

Ela continua acariciando e ele parece muito confortável nos braços dela. Alguns minutos depois os rapazes voltam e para sua surpresa eles veem Hanna fazendo carinho em um pinguim.

O quê??? Como assim??? Onde você o encontrou?

Pergunta Willi atônito.

Lá embaixo dos arbustos.

Como pode pai? Eles não deveriam viver em lugares frios?

Sim, eles deveriam filho, mas às vezes eles vem com as correntes frias do atlântico.

Uau, isso é impressionante, como nós somos sortudos.

Sim, mas ele não é. Ele provavelmente não está sozinho aqui. Você não viu a mãe dele Hanna?

Não, eu não vi nenhum outro, só ele.

Vamos procurar rapazes para ver se encontramos mais algum.

Eles começam a procurar debaixo dos arbustos e galhos secos para ver se eles acham um ninho ou algo parecido, mas sem sucesso, Hans vai na direção das pedras na beira da água e de repente ele sente o cheiro de algo.

Ele chama Klaus e Willi.

Aqui, eu acho que encontrei alguma coisa.

O que é? Pergunta Klaus. Você precisa de ajuda?

Sim, me ajudem a levantar essas pedras.

Eca, que cheiro ruim, diz Willi.

É, esse é o problema; eu acho que encontrei a mãe dele, mas infelizmente morta.

Ah, pobre filhote. Diz Klaus.

É...

O que vamos fazer com ele? Pergunta Willi.

Bem, nós o levaremos conosco e vamos falar com os salva-vidas lá na praia para ver o que podemos fazer para preservar sua vida.

Tem uma organização chamada IBAMA pai que cuida de animais,

assim como tem uma que cuida do meio ambiente que eu faço parte na escola, lembra?

Oh, sim, certo, mas do mesmo jeito vamos falar com os salva-vidas para relatar e pedi-los para fazer o contato com essa organização.

Está bem, mas primeiro podemos fazer nosso piquenique? Eu estou com um pouco de fome. Diz Willi.

É claro filho, eu não vejo nenhum problema com isso já que o pequeno parece feliz e saudável.

Ok, vamos voltar e ter nosso piquenique.

Oi querida, belo arranjo... podemos sentar?

Sim pai, eu estava dando um pouquinho de comida para meu amiguinho aqui.

O que você deu exatamente para ele?

Você não deu nenhuma fruta para ele, né? Pergunta Willi nervoso.

Não seu bobo, eu sei que eles só comem peixe, eu assisto Discovery também e muitos desenhos animados....

Mas onde você achou peixe para ele?

Nesse laguinho aqui, tá vendo? Tem peixinhos pequenos nadando aqui, então eu peguei alguns com um guardanapo, eu fiz um saquinho pequeno com ele e peguei peixes o suficiente para ele ficar satisfeito.

Está certo querida, você é uma boa amiga dos animais, você deveria pensar em ser uma veterinária ou uma bióloga.

Aham eu estava pensando mais em abrir um orfanato para animais sem teto.

Hans essa garota realmente sabe o que ela quer, certo Hanna? Diz Klaus rindo.

Está bem, está bem, diz Hans, vamos comer agora...

Mmm... delicioso Hanna, o que é isso? Pergunta Klaus.

É suco de maracujá com morango e banana.

Sua mãe fez isso?

Não, eu fiz, mamãe diz eu sou boa em criar coisas deliciosas...

Você realmente é.... hehehe.

Essa é minha garota... diz Hans muito orgulhoso dela.

E a salada de fruta? Você fez também?

Não, isso foi a mamãe, ela gosta de cortar frutas e vegetais em pedacinhos.

Uhmm... ok, mas está deliciosa também.

Pai, posso ficar com o Pingu?

Quem?

Pingu o pinguim bebê.

Ah, não querida. Nós temos que reporta-lo aos salva-vidas.

Por quê? Nós podemos cuidar bem dele em casa.

Não meu amor, é contra a lei, ele é um animal da natureza e nós não podemos mantê-lo, ele não é doméstico como um cão por exemplo.

Mas ele é muito legal e não é perigoso.

Sim, eu sei, mas ele nasceu para ser livre e viver no extremo sul da Argentina, não aqui no clima tropical.

Mas ele não tem mais família, pobrezinho.

Mas eles vão leva-lo para um santuário até ele ficar grande o suficiente para voltar para seu meio ambiente Hanna. Diz Willi.

Eu sei que eles vão cuidar bem dele; nós sempre enviamos pássaros protegidos para lugares assim na nossa escola.

Lembra que eu faço parte de uma organização para a preservação da natureza?

Ok, ok, mas eu posso pelo menos leva-lo até a praia comigo?

É claro que você pode, Willi Klaus e eu temos que remar os caiaques, então alguém tem que levar o Pingu para as autoridades.

Eles terminam de comer e beber, pegam suas coisas e remam de volta para a costa.

Quando eles chegam lá falam com um salva-vidas e explicam tudo; ele liga imediatamente para o IBAMA para informar sobre o pinguim e eles enviam alguém para pegar o animal que está acomodado nos braços de Hanna até o último instante.

Eles conversam com ela e a convidam para visitar o santuário de animais marinhos sempre que ela quiser ver seu pequeno amigo. Ela fica muito feliz e se despede do Pingu dizendo a ele que logo logo ela o verá novamente.

# Capítulo 3

## Os planos para a próxima aventura...

Para o próximo final de semana eles decidem andar de Barco Pirata, que é um passeio turístico ida e volta de Balneário Camboriú para a praia de Laranjeiras.

Primeiro o barco passeia até a parte norte da praia circunda a ilha das Cabras e vai em direção a Laranjeiras para o lado sul.

Existem muitos restaurantes de frutos do mar maravilhosos lá e o mar é bem calmo para os turistas desfrutarem.

Eles partem de manhã e podem ficar até o último barco Pirata retornar a Balneário Camboriú às 5 da tarde.

Nós podíamos convidar mais pessoas para ir conosco, o que vocês acham?

Boa ideia, o que você acha Klaus?

Para mim tudo bem, eu não conheço muitas pessoas por aqui, mas se for o pessoal da churrascada será legal.

Ok, eu vou falar com eles durante a semana para ver se podem ir. Vai ser mais legal com mais pessoas. Diz Emily.

Ok. Diz Klaus.

Você se importaria de me ajudar esta semana Klaus?

É claro que não Hans, no que você precisa de ajuda?

Eu tenho que passar alguns cabos num prédio e é mais complicado quando você está sozinho, melhor em dois porque um empurra e o outro puxa no outro lado do duto.

Ok, você é quem manda.

Obrigado cara, às vezes quando eu preciso eu levo Willi comigo, mas esta semana ele tem provas na escola e precisa se focar em estudar.

Bom, desse jeito eu me sinto útil.

A semana passa rápido e só Jimmy e Elaine estão livres para ir no passeio com eles.

Hans e Klaus terminam a instalação elétrica no prédio na sexta feira de tarde assim fica tudo certo para sábado de manhã.

Willi se deu muito bem na escola recuperando o tempo que ele perdeu em agosto enquanto ele ainda estava em Oxford ajudando o Museu a certificar o esqueleto do Dragão.

Na verdade a escola estava muito orgulhosa de ter um aluno como ele que foi para Alemanha visitar seus avós,

e acabou encontrando partes importantes de um Dragão numa caverna de gelo derretendo, nos Alpes Suíços, onde ele foi com seus pais e irmã quando ouviram na TV sobre a descoberta acidental de um esqueleto por alguns arqueólogos, que procuravam por artefatos nos Alpes.

Estando lá não puderam chegar perto do sítio, mas Willi curioso escapou da vista de seus pais enquanto conversavam com o Klaus,

e descobriam que ele era um amigo de infância de Hans que se mudou para a Suíça durante as férias de verão enquanto ainda estudavam na escola primária na Alemanha.

Eles nunca mais se viram novamente desde então. Willi tirando vantagem da situação usou a desculpa de ir no banheiro,

e escapou para o local do sítio que já estava vazio, frustrado ao voltar se perdeu e acabou numa caverna derretendo onde ele encontrou as partes faltantes do esqueleto.

Resumindo, eles foram para Oxford na Inglaterra para ver o esqueleto no Museu e Willi se tornou uma parte muito importante da descoberta quando o diretor do Museu contou em uma coletiva para a imprensa que eles não poderiam exibir o esqueleto porque haviam partes importantes ainda perdidas,

então Willi comentou que ele tinha com ele um esporão da asa e que sabia onde as outras partes perdidas estavam.

Ele ficou com o time de paleontólogos e voltou para Bern na Suíça e os ajudou ficando famoso lá com sua ajuda, pois não era um simples Dragão,

era o Dragão de São Jorge da lenda, por essa razão ele conheceu a Rainha também e foi convidado por ela para estudar Paleontologia na Inglaterra com o apoio dela.

Quando ele voltou para o Brasil no final de agosto, Klaus veio com ele para acompanha-lo porque Willi só tem 15 anos e seus pais estavam preocupados com ele viajando sozinho,

Klaus também voltou para Oxford com Willi e o diretor do Museu Sr. Jones quando saíram de Bern.

Eles também trouxeram de Oxford um novo amiguinho para Hanna "Spotty".

Um cão da raça whippet que a Hanna conheceu quando estavam na casa do Sr. Jones e sua filha Anna Beth, da mesma idade do Willi mostrou a eles seus cães resgatados e os filhotes deles.

Hanna se apegou a este pequeno que deu o nome de "Spotty" e Anna Beth gostou tanto dela e do Willi que o mandou para ela como presente.

Klaus estava empolgado para passear de barco porque ele iria visitar mais um lugar interessante para levar seus futuros clientes.

E também porque ele iria encontrar Elaine novamente, ele realmente achou ela muito interessante, ele estava encantado com o jeito natural e tímido dela de ser.

A única coisa que ele estava preocupado era que Jimmy e ela pareciam muito confortáveis juntos e talvez eles pudessem estar envolvidos.

Jimmy era um cara muito legal e um tipo muito agradável para qualquer mulher solteira e inteligente.

E ele não tinha nada para oferecer comparando com o Jimmy.

Nenhuma mulher ficaria interessada em um homem em "longas férias" com nenhum futuro certo. Pelo menos uma mulher como ela, ela provavelmente tinha muito mais homens interessantes a rodeando.

Klaus, tudo bem?

Sim Hans, por quê?

Não, nada, você só parecia estar longe...

Oh, não, eu só estava pensando como é bonito esse lugar que vocês moram.

Ah, sim, certamente é, eu me apaixonei pelo Brasil no primeiro momento que coloquei meu pé nele. E quando eu conheci a Emily no aeroporto em São Paulo eu pensei, eu faria qualquer coisa para ficar aqui e casar com essa garota.

Ela é maravilhosa.

Você a conheceu no aeroporto?

Sim, ela ia ficar com os meus pais enquanto eu vim para ficar com os dela.

Era um intercâmbio, mas só ela foi para estudar, eu só entrei nessa para ter a chance de conhecer o Brasil. Mas quando eu conheci os pais dela, o jeito que eles me trataram, o pai dela era um grande homem, ele me ensinou tudo sobre cavalos e me ajudou a obter clientes aqui.

Ele foi o primeiro a acreditar em minhas habilidades para trabalhar como um eletricista, ele me emprestou algumas de suas próprias ferramentas e me apresentou para seus amigos, então eu encontrei meu caminho para começar minha vida aqui e casar com a filha dele.

Ele sabia que você queria casar com ela?

Não, não fazia ideia no começo, mas o jeito que ele estava se apegando a mim como eu a ele e sua esposa, eu acho que eles não objetariam também.

A Sra. Ruth é como uma segunda mãe para mim, ela cuidou de mim como se eu fosse seu próprio filho, e isso me fez sentir seguro e me deu força para lutar para ficar aqui.

Ela apoia muito até hoje.

Isso é bom cara, você realmente mereceu tudo isso, você é um grande homem.

Obrigado amigo, você é um grande cara também, e eu espero que aqui ou em qualquer lugar que você decidir morar, seja tão feliz quanto eu sou com as escolhas que fiz para viver.

Obrigado amigo.

Agora vamos indo eles já estão esperando pela gente no carro.

Está bem vamos.

# Capítulo 4

## O Passeio no Barco Pirata

Quando eles chegaram no barco Hanna pega na mão do tio Klaus e caminha com ele lado a lado para cima a bordo.

Emily e Hans riem, pois eles notaram como ela se apegou ao Klaus como se fosse uma sobrinha de verdade.

Quando eles chegam na proa, eles veem Elaine sentada com seu irmão mais novo Ralph ao lado dela. Willi está muito feliz de ver seu amigo de infância lá.

Eles não se viam por quase cinco anos. Desde que Ralph mudou de escola.

Oi meu amigo, como você está!

Oi Willi, e daí meu, tudo beleza?

Sim, sim, eu tenho um monte de coisa para te contar cara.

Ok, vamos botar o papo em dia então...

Por que vocês não se sentam lá? Pergunta Elaine aos meninos.

Okedoke, ambos respondem.

Onde está Jimmy? Pergunta Elaine.

Oh, ele ligou e disse que não poderia vir porque ele tinha uma reunião no jornal.

Ah, que pena! Mas tudo bem; nós vamos nos divertir por ele.

Oi Elaine como vai?

Oi Klaus, eu estou ok e você?

Eu estou bem, obrigado.

Ok, rapazes, vocês vão lá pegar algo para a gente beber ok?

Ok, o que você quer beber querida?

Me traz uma soda, por favor.

E você Elaine?

Para mim água, por favor.

Está bem, moças, vemos vocês em breve.

Ah, que manhã bonita, ótimo dia para passear de barco, certo?

Sim, eu estava pensando o mesmo quando eu subi aqui. Como estão indo as coisas com o Klaus? Ele está se adaptando bem?

Sim, ele está. Ele ajudou o Hans a semana toda e o Hans por outro lado está mostrando alguns lugares e apresentando pessoas que possam ajudá-lo a chegar onde ele quiser.

Isso quer dizer???

Ele está seriamente pensando em dar uma chance para o Brasil para ver até onde ele vai com aquela ideia de guia de turismo para estrangeiros.

Verdade? Que bom para ele. Mas ele não tem uma família lá na Suíça? Uma namorada?

Sim, ele tem, seus pais moram em Basel, mas ele não tem nenhuma namorada.

Oh...

Por quê? Você está interessada?

Não, não, não...

Ah... estou sentindo alguma coisa atrás dessas negações??? Hehehe.

Eu não estou... Emily...

Sim, você está...

Não, eu não estou...

Não, eu não estou, o quê? Pergunta Klaus entregando a garrafa de água para Elaine.

Nada, diz Elaine gaguejando...

O que ela... querida?

Nada Hans, nós estávamos só brincando....

Ok, vamos começar nosso passeio... vocês viram os piratas?

Não, ainda não.

Você se cuide Elaine, como você é solteira, eles costumam fazer brincadeiras e fingir que estão sequestrando você...

Tá falando sério??? Ó meu Deus... Eu não gosto desse tipo de pegadinhas...

Não se preocupe Elaine, eu posso sentar no seu lado e fingir que sou o Jimmy.

Jimmy??? Por quê???

Bom dia, meus amigos vocês são pessoas dessa terra ou são de uma terra distante além do oceano?

Nós garotas somos dessa terra, mas os rapazes são de uma terra distante além do oceano...

Ah, eles falam a nossa língua?

Um pouquinho...

Eles estão de posse de moedas de ouro ou joias?

Eu não acho que eles tenham nenhuma das duas, diz Emily rindo.

Oh, diz o pirata, então eles são seus escravos? E se são, vocês são princesas do reinado real?

Hahaha... sim, nós poderíamos dizer que sim...

Oh, nesse caso eu terei que levar uma de vocês para pedir por resgate.

Não, não leva a minha mãe, ela não é uma princesa ela é minha mamãe!!!

Oh, que garota feroz. Você tem certeza que ela não é uma princesa? Ou uma rainha?

Não, ela é só a minha mãe, e aquele é meu pai, se você levar ela ele vai matar vocês dois!!!

Hahaha... uau, ela é realmente perigosa, vamos levar a outra então... ela não parece ser mãe de ninguém por aqui...

Oh, não, socorro... diz Elaine ficando vermelha novamente... mas ela não consegue fazer nada.

Eles a levam e a amarram ao redor do mastro e começam a pedir por resgate, pedindo por lances.

Quem der o maior lance de ouro pode levar essa princesa para seu reino. Vamos começar com 10 barras de ouro... quem dá mais...

Então todo mundo entra na brincadeira até o lance chegar a 500 barras de ouro, Elaine não sabe o que fazer, ela está totalmente vermelha no rosto e está quase chorando lá no mastro.

De repente, vendo a vergonha no seu rosto e a agonia que ela está sentindo, Klaus dá um lance de 1000 barras de ouro para fechar o negócio e salvá-la da humilhação.

Mil barras para o escravo falso lá atrás, alguém dá mais?

Ninguém responde, para a sorte de Elaine.

Ok, vendido para o cavalheiro que mais parece o príncipe dela do que seu escravo. Eles soltam ela e ela corre envergonhada da situação e Klaus abraça ela para acalmá-la.

Tudo bem Elaine, era só uma pegadinha, viu? Todos estão rindo.

Sim, eu sei, mas quando eu estava lá todo mundo olhava para mim, eu me senti...

Eu sei, você é uma garota tímida, mas já acabou agora. Não se sinta mal, eles fazem esse tipo de coisa para divertir as pessoas, só isso, está bem?

Tudo bem.

Sente-se, tome um pouco de água e você se sentirá melhor, ok?

Ok, obrigado Klaus, você foi muito legal me salvando da situação.

Você está bem mana?

Sim Ralph, eu estou bem agora. Não se preocupe, pode ir lá com o Willi.

Olha tio Klaus, a ilha, lembra?

Oh sim querida. Nós estivemos lá no final de semana passada, ele conta para Elaine que está mais calma agora.

Ah sim? Como vocês chegaram lá?

Com os caiaques deles.

Oh sim, certo, eu já vi na garagem deles.

Sim, e nós encontramos um filhote de pinguim lá.

Verdade? Como assim?

Bem, ele estava sozinho, ele veio para a ilha com sua mãe que morreu nas pedras, então nós o levamos para a praia e os salva-vidas ligaram para a organização para levar ele para o santuário.

Ah, IBAMA?

Sim, sim.

Ah, pobre bebê, perder sua mãe tão cedo.

Sim, mas eles disseram que no santuário ele iria encontrar mais pinguins da sua espécie e ele ficaria bem de novo.

Certo. As crianças devem ter adorado ele.

Sim, a Hanna principalmente. Mas eles prometeram a ela que ela poderia visita-lo quando ela quisesse.

Ela deve ter se sentido o máximo então.

Ah sim.

# Capítulo 5

## Chegando em Laranjeiras

Eles chegam no trapiche e saem do barco. Eles caminham pela praia e decidem qual restaurante eles vão almoçar.

Eles veem todos os cardápios e escolhem um e então sentam na praia embaixo de guarda-sóis, bebem caipirinha e comem alguns aperitivos.

As crianças vão brincar no mar; Hanna coloca seu colete salva-vidas e vai com eles.

A água está muito clara e morna. Klaus convida Elaine para ir para o mar, mas ela se desculpa e prefere ficar embaixo da sombra.

Hans vai com ele e Emily faz companhia para Elaine.

Bonito aqui hoje né?

Sim, eu não conhecia Laranjeiras ainda.

Nós já viemos com as crianças de carro, mas é a primeira vez com o barco.

Se eu soubesse, eu preferiria ter vindo hoje de carro também.

Ah Elaine, ainda estás chateada?

Não é que eu esteja chateada, é só que eu sou uma pessoa tímida e toda essa comoção me fez sentir exposta.

É, eu entendo, mas viu? Klaus te salvou, ele não é um cavaleiro?

Sim, ele é. E bonito também...

Aha! Eu sabia... você está caidinha por ele...

Não, eu não estou. Mas ele é muito fofo.

Por que você não lhe dá uma chance?

Não, eu não o conheço o suficiente e não sabemos se ele vai ficar aqui e o que ele vai fazer para se sustentar.

Dá um tempo para ele.

Sim, eu darei. Mas eu não estou querendo nenhum relacionamento agora.

Por que não? Quanto tempo você já está sozinha?

5 anos mais ou menos...

Tá vendo? É muito tempo.

Sim, mas o último me fez desistir dos homens.

Só porque um homem é um cretino não faz com que todos sejam.

Sim, mas no meu caso não foi só o último.

Mas Klaus é um cara legal, ele não vai te tratar mal.

Pode ser, mas vamos manter as coisas do jeito que estão agora, está bem?

Tudo bem, você é quem sabe.

Os cinco estão brincando na água com uma bola, arremessando um para o outro e rindo bastante.

Eu aposto que te venço até aquele barco parado lá adiante, diz Klaus para o Hans.

Não, não me vence. Eu ganho...

Ok, agora!!!

Então os dois começam a nadar em direção ao barco, cabeça com cabeça eles vão, Willi grita "vai pai" e Hanna grita "vai tio Klaus" você pode vencer.

Willi olha para a Hanna e não entende o que ela está fazendo "Hanna" é o seu pai...

Eu sei, mas eu gosto do tio Klaus também e ele parece mais forte que o pai.

Não ele não é, o pai é mais forte.

Não...

Ok vocês dois, diz Ralph. Vamos esperar para ver quem é o mais forte.

Eles voltam nadando muito rápido, e ambos pegam o braço da Hanna ao mesmo tempo.

Quem venceu Hanna! Eles perguntam.

Ambos.

Como assim?

Vocês dois pegaram meus braços juntos.

Você tem certeza? Pergunta tio Klaus.

Sim.

Eles começam a rir e descansam um pouco porque eles estão de língua de fora.

Ah meu Deus... eu estou podre...

Eu também, diz Hans, já faz um tempão que eu não nado essa distância...

Ok, vamos tomar uma cerveja então para comemorar nosso empate.

Okedoke, crianças se cuidem ok?

Ok pai.

Eles voltam para a praia e as garotas estão rindo deles.

O quê??? Pergunta Hans.

Vocês parecem adolescentes... diz Emily e Elaine fica vermelha tentando esconder seu riso.

Você Elaine rindo de mim, depois que eu te salvei daquele pirata... espera... nós estamos voltando com aquele barco, não se esqueça... Klaus diz fingindo estar sério.

Ah Klaus, não seja um menino mau, ela só não conseguiu segurar mais...

Vocês todos pareciam ter a mesma idade lá no mar... diz Emily rindo. Aqui, pega uma cerveja e não seja vingativo.

Não, não se preocupe Elaine, eu só estou brincando.

Eu espero que sim, diz ela.

Eles comem e bebem um pouco mais e entram no restaurante para comer uma refeição apropriada.

As crianças vêm junto e eles comem salmão coberto com molho de maracujá, batatas sautè, arroz, camarão ensopado e batatas fritas é claro...

Eles passam a tarde toda brincando, conversando e descansando, então eles pegam o barco de volta para Balneário Camboriú, mas desta vez eles protegem a Elaine para não ser raptada novamente.

Quando eles chegam em casa, Hanna está dormindo nos braços de Klaus. Ele a leva para dentro da casa e coloca-a no sofá e deixa-a descansar um pouco mais. Ralph e Willi vão para a piscina para brincar um pouco mais enquanto os quatro adultos sentam ao lado dela e assistem eles brincando.

O que você fazia antes de ser um guia de turismo nos Alpes? Pergunta Elaine.

Eu costumava trabalhar para uma agência de turismo em Zurique.

O que você fazia lá? Você trabalhava como guia também?

Não, eu oferecia pacotes de viagem para os clientes e organizava as viagens deles.

Uhm, interessante.

Sim, mas cansativo, eu não sou feito para papeladas; eu sou mais o tipo de cara que gosta de interagir com turistas e mostrar lugares.

Mas é uma boa experiência de qualquer forma. Diz Elaine.

É outra opção que você tem se precisar. Diz Emily.

Você pode somar essa experiência para abrir sua própria agência de turismo aqui se você quiser.

É, mas eu realmente não gosto de papelada.

Mas para fazer isso você pode contratar alguém, diz Hans.

Sim, boa ideia, até porque eu não falo ou escrevo em Português.

Está vendo? Se você quiser dar uma chance para o Brasil, você já tem uma boa ideia para começar algo.

Sim, eu estava pensando em abrir uma agência só para vender viagens para estrangeiros.

Comprar uma van para leva-los a lugares diferentes para visitar, e guia-los nesses lugares contando as histórias levando-os para bons restaurantes, fazer algumas aventuras radicais como rafting, escaladas e trilhas.

Outra coisa que você poderia fazer é leva-los para comprar roupas.

Nós temos uma cidade perto daqui que é cheia de fábricas de roupas e eles são conhecidos por ter preços baratos.

Pessoas vem de todo o Brasil para comprar lá. Diz Elaine.

Verdade?

Sim, por isso nós viemos aqui a primeira vez.

Uau, eu não sabia disso, diz Hans.

Eu também não, diz Emily.

Sim, minha mãe é uma costureira então nós

viemos aqui porque nos disseram que em Brusque nós poderíamos comprar tecido barato. E como ela costurava muito, valia a pena.

E como vocês acabaram em Camboriú?

Isso foi uma coisa engraçada. Nós estávamos voltando para a rodovia mas meu pai pegou o caminho errado e foi na direção oposta,

Contudo, nós começamos a gostar da paisagem e meu pai estava se aposentando de seu trabalho e queria viver em um pequeno sítio, mas longe da violência de São Paulo.

Então de repente ele perguntou se nós gostaríamos de nos mudar para cá. Nós todos simpatizamos com o lugar, assim, aqui estamos há mais de 10 anos já.

Uau, essa é boa. Nós somos todos de lugares diferentes e nos apaixonamos por essa região. Diz Emily.

Seu pai ainda tem o sítio?

Sim, ele tem, mas ele está pensando em vender

porque tem muita despesa para mantê-lo.

O que ele tem lá exatamente? Pergunta Hans.

Ele tem um pomar e algumas lagoas onde ele cria peixes.

Uau, eu não fazia ideia que ele tinha tudo isso. Diz Hans.

Sim, nós nunca falamos muito sobre a minha família.

Ele tem cavalos também?

Só dois Klaus.

Uhmm que pena...

Por quê? Pergunta Emily.

Porque eu já estava tendo uma ideia para fazer dinheiro com aquilo lá.

Dinheiro? Meu pai iria adorar ouvir isso... ele adora aquele lugar, tem uma cascata nos fundos e ele sempre diz que ele iria odiar perder o som da água caindo quando ele está dormindo...

Qual é a ideia Klaus? Pergunta Hans animado.

Bem, na Suíça é muito popular ir para lugares para passar o dia, andar a cavalo, pescar e colher frutas das árvores.

E eles também pagam pelo que colhem ou pescam, eles também têm canteiros enormes de morangos aonde as pessoas vão com baldes e tudo que colherem eles pagam, mas eles podem comer alguns de graça.

É uma boa forma de manter os sítios.

Isso parece bem lucrativo. Diz Hans.

Eu gostei da ideia; vou falar com meu pai.

Se ele quiser, nós podemos ir lá e dar uma ajuda. Diz Hans.

Sim, e quando tiver meus clientes eu os levo lá para passar o dia.

Ah, sim, e eu posso falar com minha mãe para fazer refeições para oferecer a eles.

Preparar o peixe que eles pescam, fazer algumas tortas com toda a variação de frutas que temos lá.

Fazer geleias e biscoitos... diz Emily. Essas pessoas gostam de comprar coisas para levar para casa.

Nós poderíamos fazer queijo também; nós temos muito leite sobrando todos os dias. Diz Elaine.

Uau, isso é incrível como nós podemos criar coisas novas do nada. Nós somos impressionantes diz Hans.

Todos riem do jeito dele falar...

Nossa, está ficando tarde, eu tenho que ir, eu prometi a minha mãe que iria na igreja hoje à noite. Diz Elaine.

Ah sim, vá então, diz Emily. Meninos saiam da piscina, Ralph e Elaine precisam ir agora.

Ah mãe... tão cedo?

Sim Willi, mas eles voltarão logo, ok? Então vocês poderão brincar mais.

Está bem...

Eu sempre lembro da época que eles eram pequenos e Ralph tinha medo de água, lembra Elaine?

E eu pegava ele nos meus braços até que ele aprendesse a nadar como cachorrinho... cheio de boias... hehehe bons tempos... agora eles alcançam seus pés no fundo da piscina.

Sim, eu me lembro... ele tremia e ria ao mesmo tempo quando ele entrava na piscina com você e Willi já era um peixe...

Sim, agora os dois são... e ele é como um filho para mim também. Diz Emily.

# Capítulo 6

## Ajudando o Sr. Monteiro em seu Sítio

Olá rapazes, vocês estão atrasados hoje, o que aconteceu? Algo errado no trabalho?

Não querida, nós fomos ver algumas vans usadas para o Klaus.

Ahn já?

Sim, porque não? Eu quero ter uma ideia de preços e saber qual é o tamanho de vans que vendem por aqui para começar a ter uma visão melhor da realidade, você sabe, para ver minhas opções.

Ok, eu concordo com você, dessa forma você pode começar a planejar suas estratégias de negócios.

Por falar nisso, Elaine ligou e disse que seu pai quer conhecer você e conversar a respeito da ideia que você deu sobre o Sítio de turismo Rural.

Na verdade ela disse que ele estava muito entusiasmado com a ideia. E ele quer que você vá lá o mais rápido possível.

Uau, isso é que é um homem decidido... quando é bom para você Hans?

Pois eu ainda dependo de você para me levar e eu também não sei onde eles moram.

Não tem problema camarada, nós podemos ir lá amanhã de manhã, eu tenho alguns clientes para visitar naquele lado, então nós podemos matar dois coelhos numa cajadada só.

Ok, então eu vou ligar para ela para avisar que amanhã vocês estarão lá.

Tudo bem, diz Hans. Eu vou tomar um banho agora.

Bom, eu vou preparar jantar para vocês dois.

Eu arrumo a mesa para te ajudar. Diz Klaus.

É uma coisa muito boa se o pai da Elaine for adiante com a ideia de turismo rural em seu sítio,

eu tenho certeza que ninguém teve essa ideia ainda aqui na redondeza, e ele poderá fazer um bom dinheiro com isso. Diz Emily.

Eles são boas pessoas.

Sim, Elaine parece ser uma garota muito legal. Ela está namorando com o Jimmy há muito tempo?

Jimmy? Não, porque você pergunta isso?

Nada, só curiosidade, ele é um cara legal também.

Sim, mas Jimmy tem uma namorada desde o ensino médio.

Uhm, eu não sabia disso, eu achava que ele estava namorando a Elaine. Porque eles vieram juntos no churrasco aquela vez.

Ah não, eles só se encontraram na esquina, hehehe.

E porque a namorada do Jimmy não veio para o churrasco?

Ela está fazendo um curso de seis meses de moda em Curitiba, ela é uma desenhista de moda.

Ah, ok, mas a Elaine tem alguém com certeza, certo?

Não, não, ela está sozinha no momento.

Por quê? Ela é muito legal para estar sozinha.

Você está interessado nela???

Ok, pessoal, eu estou renovado, o que vamos ter para o jantar? Pergunta Hans morto de fome...

É só sobra de almoço, espaguete com bolinho de carne.

Uhmm... eu adoro isso. Você não Klaus?

Sim, eu também.

Você não quer tomar um banho antes de jantar também Klaus?

Sim, sim, boa ideia, obrigado.

De nada... Hans me ajude aqui...

Ok, o que você precisa?

Nada, só chame as crianças, diga a eles para pararem de jogar vídeo game e vir jantar.

Na manhã seguinte Hans e Klaus vão para Camboriú para visitar o pai da Elaine.

Chegando lá eles veem Elaine saindo do sitio para ir trabalhar.

Ela abana para eles e eles abanam de volta. O pai dela está sentado na varanda tomando café.

Venham aqui rapazes, sentem-se e tomem uma xícara de café, minha esposa irá servi-los.

Obrigado, bom dia Sr. Monteiro como vai, eu sou Hans marido de Emily e esse é Klaus, meu amigo da Alemanha.

Está certo... hehehe, você não parece com um alemão para mim.

Parece mais que o seu pai escapou da prisão de guerra e encontrou uma boa família de orientais para cuidar dele e se apaixonou pela filha.

Hehehe, essa é nova, eu ouvi todos os tipos de piadas, mas essa realmente é a melhor. Prazer em conhecê-lo Sr.

Na verdade minha mãe é alemã e meu pai é Coreano, da Coreia do sul.

Ele se mudou para Alemanha para trabalhar para uma fábrica de carro como engenheiro mecânico e conheceu minha mãe que trabalhava na fábrica também.

Então eles se apaixonaram, casaram e aqui estou eu.

Ah, certo, tá vendo? Eu não estava tão errado... só um pouquinho, hehehe. Então, seus pais ainda moram na Alemanha?

Não, na verdade eles se mudaram para Basel na Suíça quando eu era uma criança, porque meu pai foi transferido da fábrica para ser o gerente geral e minha mãe pediu demissão e nós nos mudamos.

Então você é meio Coreano meio Alemão.

Certo.

E qual é o seu sobrenome? Porque um nome como Klaus não combinaria facilmente com um sobrenome Coreano, não estou certo?

Sim, está, eu uso o sobrenome da minha mãe só por questão de documentos.

Meu nome completo é Klaus Maus. O que faz meu amigo aqui gozar de mim me chamando de Klaus the Maus.

O que significa que eu sou um pequeno ratinho, desde que a gente era pequeno.

Uhmm, faz sentido, como Mickey Mouse, certo??? "Maus" hehehe.

Está bem, mais um para gozar de mim...

Desculpe, é que é engraçado; você chega aqui dizendo que é alemão com esses olhos puxados e depois com um sobrenome desses? Hehehe.

Ok, só estou brincando, nós somos bem misturados aqui também, na minha família nós temos muitas nacionalidades diferentes também.

Não, não se preocupe, eu entendo e não me incomoda. Em todos os lugares eles fazem piadas comigo e eu sempre rio junto.

Você é um cara legal, eu já gosto de você. E já se vira bem com o Português.

Bem, vamos falar sobre a sua ideia de transformar meu sítio de dispendioso para lucrativo.

Bem, vamos dar uma caminhada ao redor para ver o que você já fez por aqui, ok?

Tudo bem, vamos lá.

Nossa, é lindo aqui diz Hans.

Lá está o pomar diz Sra. Lena.

Lindo, diz Klaus. Ok, aqui você poderia construir uma choupana para oferecer algumas tortas caseiras, geleias, queijo e ter uma balança para pesagem das frutas que eles colherem.

Lá poderia ser feito canteiros de morango para estarem conectados com o pomar, aí vocês podem pesar tudo no mesmo lugar e empacotar as frutas para manter frescas até eles chegarem em casa.

Sim, e aqui poderia ser o estacionamento, é plano e já tem um caminho para a entrada principal. Diz Hans.

Mas como vou trazer eletricidade para a choupana? É longe da casa principal.

Não se preocupe Sr. Monteiro, isso eu posso fazer com facilidade para o Sr.

Nós podemos fazer um valo no chão e passar uma tubulação até aqui.

Aí vocês podem ter um freezer ou um refrigerador aqui para vender suco de fruta ou até sorvete de suas frutas.

Uau, eu gosto dessa ideia, diz a Sra. Lena. Mais tarde nós podemos fazer uma cozinha base aqui para processar tudo.

Estão vendo? É só dar asas para sua imaginação que começam a ver mais longe. Diz Klaus.

Sim, o problema é dinheiro para todas essas ideias...

Sim, eu sei, mas o Sr. Certamente tem madeira velha aqui, não tem?

Sim, uma porção.

Você tem que pensar que você está em um sítio oferecendo coisas rústicas para turistas, nós poderíamos construir essa choupana com madeira velha e cobrir com palha.

Vocês têm coqueiros aqui, então poderíamos usar as folhas secas.

Uhmm... boa ideia. Eu só tenho que guardar algum dinheiro para pagar os trabalhadores.

Você não precisa deles, eu posso ajuda-lo, eu estou de férias, sem nada a perder.

E eu posso fazer a parte elétrica nos finais de semana; diz Hans.

Eu tenho muitos componentes usados em casa de prédios que trocam a fiação e lâmpadas por novas. Eu sempre seleciono o que ainda é útil para coisas assim.

Nós podemos usar a ajuda do Willi e o Ralph, eles são jovens e fortes.

Não, mas não é justo, eu tenho que pagar alguma coisa para vocês.

Eu estou pensando em abrir uma agência de turismo aqui para trabalhar com visitantes estrangeiros, nós poderíamos combinar sobre isso mais tarde; seria bom para vocês e para mim.

Eu poderia por exemplo, trazer pessoas aqui para passar o dia e leva-los de volta para casa enquanto eu não tiver passeios de um dia para fazer.

Eu cobraria deles por rota. E você inclui meus serviços em seus panfletos. O que você acha?

Eu disse que gostei de você desde o começo... hehehe.

E eu de vocês... então agora vamos ver suas lagoas.

É para o lado oposto, lá atrás da casa principal.

Vamos lá então.

Muito bonito aqui Sra. Lena, diz Hans.

Sim, é, não é? Nós adoramos estar aqui.

Nós estávamos todos tristes se tivéssemos que vender esse lugar.

Você vai ver perto das lagoas como é bonito com a cascata e tudo mais...

Sim, Elaine nos contou a respeito.

Uau, isso é magnífico, diz Klaus em êxtase. Olhe Hans.

Uau, é realmente maravilhoso; me lembra do sítio do pai da Emily. Ah, eu sinto saudade daquilo...

e dele...

Veja, aqui você poderia colocar algumas mesas de madeira e bancos para as pessoas sentarem na sombra das árvores e almoçar.

Eu diria agora que a choupana lá perto do pomar deveria ser só para vender e pesar as coisas, e aqui vocês poderiam construir uma cozinha para preparar os peixes que eles pegam e alguns aperitivos, vender cerveja e refrigerantes.

Não seria muito difícil também; nós podemos construir tudo da madeira velha que você falou.

E com o lucro, diz Hans vocês poderiam construir alguns banheiros para os turistas usarem e trocar de roupa quando eles quiserem tomar banho naquela cascata fantástica,

vocês viram o lago que se formou debaixo da cascata?

Eles podem brincar com seus filhos no verão.

E vocês também podem comprar mais cavalos para passeios curtos para mostrar aos turistas a redondeza.

Certamente vocês cobrariam pelo passeio para manter os cavalos saudáveis e alimentados.

Nossa, vocês dois são um "poço" de ideias... diz Sr. Monteiro.

Então Sr. Monteiro quando podemos começar? Pergunta Klaus ansioso.

Desse jeito podemos começar hoje! Diz o Sr. Monteiro.

Vamos fazer um lanche para começar a ver o que temos no celeiro para começar a trabalhar.

Ok, e eu vou embora para visitar meus clientes e te pego ao meio dia, está bem? Diz Hans.

Não se preocupe Hans; eu levo ele de volta para casa no final do dia se ele não se importar de trabalhar o dia todo aqui comigo.

Para mim tudo bem. Diz Klaus. Eu não tinha nenhum plano mesmo.

Está certo, então estou indo. Diz Hans.

Não antes de comer um pedaço da minha torta de goiaba e suco de maracujá. Diz a Sra. Lena.

Está bem então, eu não posso dizer não para isso. Eu adoro os dois... diz Hans sorrindo.

# Capítulo 7

## Os negócios estão começando a decolar...

Depois de duas semanas de trabalho duro nos Monteiros, Klaus satisfeito com seu projeto encontra uma van perfeita para ele.

Ele começa a fazer contato com agências locais, o aeroporto de Navegantes e o porto de Itajaí para fazer rotas curtas para começar seu próprio negócio.

Hans e Emily o ajudam com os documentos para legalizar sua van e carteira de motorista.

Logo começam a ligar para ele no seu celular para levar alguns estrangeiros aos seus destinos.

Durante as viagens ele começa sua propaganda para o sítio dos Monteiros e barco Pirata como passeios de um dia com ele.

Oktoberfest também está chegando logo então ele se prepara para levar os turistas para lá e outras festas acontecendo nas redondezas.

Ele está muito ocupado agora, mas muito feliz. Ele até mesmo nem fala mais em voltar para a Suíça a menos que seja para visitar seus pais.

Os Monteiros estão todos sorridentes agora; seu sítio está recebendo muitos turistas do Brasil e de países estrangeiros.

Os turistas se sentem muito satisfeitos com o tratamento recebido e com as delícias oferecidas por eles.

Até Elaine se demitiu do seu trabalho para ajudar sua família.

Os vizinhos de Hans e Emily que produzem pequenos barcos como souvenirs estão vendendo seus produtos através dos Monteiros que também lucram com isso.

Nos finais de semana Willi, Hanna e Emily vão para o sítio para dar uma mãozinha para a família da Elaine enquanto Hans ajuda Klaus com as localizações e tradução quando necessário.

Em compensação eles ganham frutas frescas, peixes, geleias e queijo do sítio e é claro que Willi, Ralph e Hanna se divertem muito lá também.

Quando a Oktoberfest termina, tudo se acalma um pouco e eles começam a contar as bênçãos.

O Sr. Monteiro está muito agradecido ao Klaus e Hans e garante que eles recebam uma quantia pelo seu trabalho duro e o material que Hans também doou.

Eles não queriam aceitar no início, mas o Sr. E Sra. Monteiro insistiram muito que eles não conseguiram recusar. Isso ajudou muito ao Klaus já que ele estava começando seu próprio negócio.

Todos os dias Klaus já tinha algumas viagens para fazer, algumas só para levar pessoas ao aeroporto, que ele começou com o Hans ajudando-o a levar pessoas para o aeroporto de Florianópolis também.

Um dia um grupo de 4 Canadenses que estavam indo do aeroporto de Navegantes para Florianópolis perguntaram ao Klaus onde eles poderiam fazer um bom rafting.

Hans disse a eles que haviam vários lugares para ir, e que eles estavam programando para fazer também.

Quanto tempo vocês vão ficar aqui? Pergunta Hans.

Duas semanas, a primeira semana nós temos um congresso para ir e na segunda, nós estamos livres para explorar tudo. Diz Liam.

Bom, então nós temos algum tempo para ver as opções. Onde vocês vão ficar na segunda semana? Pergunta Klaus.

Bem, o congresso é em Florianópolis, assim estamos pensando em ficar lá e fazer passeios de um dia nos arredores. Diz Jacob.

Eu posso arranjar alguns bons passeios de um dia para vocês se vocês estão interessados.

Muito bom, nós apreciaríamos isso. Nós gostaríamos de um mix de aventura, compras e cultura se você quiser saber. Diz Julie.

Ah, bom saber, assim nós poderemos organizar melhor. Diz Hans.

Está bem, aqui estamos, seu hotel. Diz Klaus.

Ok Klaus, obrigado. Então estaremos ocupados até na sexta feira, aí entraremos em contato para ver o que nós faremos no final de semana, certo? Diz Liam.

Ok, aqui está meu cartão. Eu espero pela sua ligação. Tenham uma boa semana.

Vocês também.

Durante a semana, Klaus com a ajuda da Emily ligaram para algumas agências de rafting para escolher um lugar para levar os Canadenses e eles mesmos para o rafting.

Quando vamos fazer rafting? Pergunta Willi.

Esse final de semana filho.

Finalmente! Nós íamos fazer no meu aniversário, lembra?

Sim filho, mas você se lembra onde estávamos naquele dia?

Sim, sim, eu sei, nós estávamos no sítio do Sr. Monteiro.

Sim, e nós comemoramos ele.

Sim, foi muito legal...

Então, não diga "finalmente" para mim, ok?

Está bem, onde vamos fazer?

Nós estamos decidindo ainda, mas é mais provável em Santo Amaro, perto de Florianópolis.

Por que não no Vale Europeu?

Por que Klaus estará levando um grupo de Canadenses para fazer também, e eles estão hospedados em Florianópolis, assim fica mais perto para eles.

Ok. Pena que o Vlad não pode ir.

Sim, mas o Ralph pode, então você terá um amigo junto.

Ah, ele vai?

Sim, ele e a Elaine vão conosco.

Legal.

Sábado de manhã cedo eles pegam Elaine e Ralph no sítio e vijam para pegar os Canadenses no hotel.

Duas horas depois eles chegam à base do rafting. Eles trocam de roupa e vão para o pátio receber instruções sobre segurança e uso dos equipamentos.

Depois de vestir os coletes salva-vidas e os capacetes eles carregam os barcos de borracha e remos para o rio.

Então os guias os instruem para sentarem nas laterais do barco e diz:

Nós vamos falar sobre remar para frente e como mover seu barco efetivamênte rio abaixo.

Vocês vão colocar o polegar sob o t-grip aqui, a parte superior do braço em linha reta, o braço inferior para baixo aqui segurando uns 10 cm acima da lâmina.

Coloque o remo na água e, em seguida, usando a parte superior do corpo para virar o barco empurrando o remo.

Agora vamos remar juntos, eixo vertical, remada terminando no quadril, ambas as mãos para fora do barco.

É muito importante coordenar suas remadas para serem efetivas quando vocês seguirem rio a baixo.

Vocês querem ter certeza que a pessoa na liderança inicie a remada e todos sentados atrás dele iniciem ao mesmo tempo, parem ao mesmo tempo para que a ação de remar ocorra perfeitamente.

A pessoa na sua frente, a proa do barco comanda o passo assim vocês remam juntos e dessa maneira o barco segue uma linha reta sem se desorientar.

Desse jeito vocês estarão trabalhando como um time para descer o rio. Isso é muito importante quando chegarem às corredeiras maiores lá na frente.

Ok pessoal? Vocês estão prontos para aventura?

"Sim".

Eu não ouvi vocês! VOCES ESTAO PRONTOS PARA AVENTURA????

'SIMMM' todo mundo diz uníssono.

Barco um, estão prontos?

Os Canadenses respondem, "SIMMM"

Barco dois, vocês estão prontos?

Hans, Klaus, Emily, Elaine, Willi Ralph e Hanna respondem "SIMMM".

Então vamos fazer a melhor Aventura de suas vidas hoje!!!

Primeiro eles remam devagar rio abaixo e o guia conta histórias sobre o lugar, ele contou que nas montanhas perto do rio viviam muitos animais de espécies diferentes e que antigamente os índios usavam árvores de Guapuruvu para fazer suas canoas, as quais eles chamavam de "Ucas".

Eles ouviam os pássaros cantando, viam as flores dependuradas nas árvores e arbustos, era muito bonito e calmo.

Então de repente o guia falou, vamos treinar os comandos novamente, pois as rápidas estão se aproximando...

Fiquem alertas!

Remem para frente! Diz o guia.

Parem! (todo mundo tira os remos para fora da água e esperam por um novo comando).

Remem para trás! Agora!

O guia fazendo a leitura do canal toma atitudes para evitar as rochas.

Eles revertem a remada para diminuir a velocidade do barco para entrar corretamente na corredeira.

Parem!

Eles tiram os remos da água e cuidam para não soquear ninguém no barco segurando o remo como fora instruído no início.

Eles passam por muitas corredeiras diferentes, de repente eles encaram uma grande onde o barco bate numa rocha e se torce e Elaine cai no rio.

Ela começa a gritar, muito assustada, eles arremessam uma corda e pedem para ela deitar de costas para evitar se afogar, mas ela está muito assustada para fazer o que é dito.

Klaus vendo o desespero se atira na água para salvá-la.

Ele nada agressivamente até onde ela está e a abraça pelas costas e agarra a corda.

Eles começam a puxá-los de volta enquanto Klaus tenta acalmá-la.

Calma, Shhh, calma Elaine, está tudo bem agora, você está segura, ok?

Ela balbuciando diz, eu achei que ia morrer.

Não, não, eu nunca deixaria você morrer, de jeito nenhum, eu faria qualquer coisa para salvar sua vida... está bem?

Ok, ela responde ainda balbuciando e tremendo.

Shhh... fica tranquila, nós estamos chegando ao barco, ok? Calma agora...

Está bem vocês dois, estendam-nos suas mãos.

O guia e o Hans, esticam seus braços para pegá-los.

Ok, agora vamos para a margem para descansar um pouco e deixa-la se acalmar. Remem para frente!

Ele alinha a posição do barco para chegar a lateral do rio. Parem!

Eles todos saltam do barco e sentam nas pedras ou se alongam um pouco.

Emily dá um pouco de água para Elaine. Klaus senta ao lado dela e alisa seus braços para fazê-la se sentir melhor.

Você está bem? Pergunta Emily preocupada.

Sim, sim, eu estou melhor agora. Obrigado Klaus, você salvou minha vida.

Imagine, eu nunca poderia deixar você morrer. Você é muito preciosa para deixar algo ruim acontecer com você.

Obrigado. Diz ela chorosa.

Oh, venha aqui, e ele a abraça colocando a cabeça dela gentilmente contra seu peito, acariciando seus cabelos.

Então Ralph vem sentar ao lado dela também, chocado com o que aconteceu com sua irmã mais velha.

Você está se sentindo bem mana?

Sim Ralph, era só um susto só isso, eu estou me sentindo melhor agora.

Ok.

Eles descansam mais alguns minutos enquanto barco um onde os Canadenses estão está bem adiante deles.

Então eles entram no barco novamente, modificam as posições para Elaine se sentir mais segura e remam adiante para as outras corredeiras que são menores do que a que arremessou Elaine na água.

Apesar do incidente eles se divertiram muito durante a rota.

Tiraram muitas fotos e riram muito.

Quando eles chegaram ao final do passeio eles tiveram que levar os barcos para cima na estrada e pegaram uma van para voltar para a base.

Os Canadenses contaram que eles viraram de cabeça para baixo numa corredeira pequena, menor do que a que Elaine caiu.

E todos caíram na água. O engraçado é que eles estavam numa parte rasa do rio e podiam ficar de pé, mas Jacob fez um escândalo gritando que estava se afogando com seus olhos fechados, já rezando em voz alta e todos ao redor dele em pé com água nas canelas,

quando ele abriu os olhos e os viu de pé ele quis morrer, mas de vergonha do drama que fez. Todo mundo caiu na gargalhada.

Elaine disse: e eu achava que eu era a dramática aqui!

Eles todos riram novamente.

E assim chegaram de volta a base, tomaram um banho, trocaram de roupa e procuraram um lugar para um almoço tardio.

Dessa vez na van Elaine sentou na frente com o Klaus. Hans não disse nada quando ela tomou seu lugar, na verdade ele estava feliz de ver ambos querendo a companhia um do outro.

Eles dirigiram para Florianópolis e foram na direção da Lagoa da Conceição para almoçar num restaurante de pescador muito famoso pela sua "Moqueca de Camarão".

Os Canadenses e o Klaus adoraram, pois nenhum deles tinha experimentado ainda.

Servido com arroz, eles comeram até que estavam cheios.

Depois do almoço eles ainda foram até a praia da Joaquina para ver um pouco do campeonato de surf que estava acontecendo lá.

No final da tarde Klaus levou-os de volta para o hotel, deixou-os lá e seguiram seu caminho para Balneário Camboriú.

# Capítulo 8

## Domingo com os Canadenses no Sítio dos Monteiros...

Klaus viaja para Florianópolis para pegá-los no hotel de manhã cedo.

Enquanto eles voltam para Brusque para fazer algumas compras eles começam a conversar sobre suas próprias experiências.

Sobre o que era esse congresso? Pergunta Klaus.

Era sobre transplante de medula óssea, diz Julie.

Ah, vocês são médicos?

Sim, nós todos somos. Cirurgiões para ser mais exata.

Vocês quatro?

Sim, nós todos estudamos medicina juntos e fizemos nossa residência no mesmo hospital em Toronto.

Está certo. Eu pensei que vocês rapazes fossem médicos e que as garotas suas esposas vieram junto só para fazer turismo.

Na verdade, Grace e Liam são casados, mas Jacob é meu irmão, meu irmão gêmeo para ser mais específica.

Mas, mas... vocês nem parecem irmãos; eu nunca adivinharia se vocês não contassem...

Sim, eu sei, ele é esse gigantesco "Lenhador" e eu tão pequena... eu sempre digo que ele roubou minha comida na barriga da minha mãe, sempre guloso desde que era um feto...

Mas ele é o mais velho?

Não, eu acho que eu estava tão faminta e com medo de ser esmagada por ele que eu pulei para fora da minha mãe pelo menos 10 minutos antes dele...

Hahaha, e eu fiquei mais tempo para comer ambas as sobremesas... diz Jacob.

Você podia comer a minha, eu não me incomodava, eu não sou fã de sobremesas até hoje...

Está certo, então é por isso que ele quase se afogou no rafting ontem, muitas sobremesas??? Diz Klaus rindo.

Sim, diz Liam, ele realmente é fã de coisas doces; nós temos que esconder nossos chocolates em nossos armários no hospital porque se ele tiver uma chance ele rouba de nós todos.

Sim, diz Grace, um dia nós levamos uma cesta cheia de doces para o nosso chefe de cirurgia para comemorar seu aniversário, e quando fomos para o vestiário para pegar e dar para ele, Jacob estava dormindo e roncando no lado da cesta quase vazia.

Você acredita nisso? Ele comeu quase tudo. A equipe queria matar ele.

O que vocês fizeram então? Perguntou Klaus rindo.

Nós levamos o chefe ao vestiário e mostramos para ele o que aconteceu e ele fez Jacob limpar a sala de cirurgia por duas semanas para aprender a não ser tão guloso.

É... eu paguei minha dívida... foi dureza, todos os instrumentos e os lençóis cheios de sangue... até mesmo o chão eu tive que limpar também... isso foi cruel...diz Jacob.

Cruel??? Hehehe. Você arruinou o presente de aniversário do homem; você foi o mais cruel da história... diz Grace.

É, sim, ok, mas eu nunca mais fiz isso.

Graças à Deus!!! Diz Liam.

Nós não conseguíamos mais bancar você daquele jeito com o nosso salário de residentes...

Klaus riu muito, ele pôde ver que eles eram amigões e isso era legal. Eles chegaram a Brusque e foram comprar em todas as lojas que puderam.

Eles compraram desde trajes de banho a roupas de festas.

Eles até mesmo tiveram que comprar malas novas para carregar todas as coisas que compraram.

Depois disso eles voltaram para Camboriú para almoçar no sítio dos Monteiros.

Julie sentou em frente com o Klaus e eles foram conversando a viagem inteira muito entusiasmados.

Eles pareciam ter muito em comum.

Quando eles chegaram ao sítio ela sentou ao seu lado para almoçar; parecia que eles tinham um mundo de coisas para conversar a respeito.

Emily notando isso e vendo a tristeza no rosto de Elaine foi ajuda-la na cozinha.

Droga ... diz Emily... por que essas coisas têm que acontecer justo quando nós pensamos que tudo está indo para o caminho certo...

Do que você está falando? Diz Elaine com um olhar triste.

Você sabe do que eu estou falando... essa garota Canadense...

Ah, ela... ela é muito bonita... sorte dele...

Eca... você acha?

Sim, ela é do jeito dela...

Mas você é mais... em minha opinião...

Ok, mas o que eu posso fazer?

Ele é um homem livre... ele tem todo o direito de se divertir e encontrar alguém interessante para ele.

Olhe para mim; eu não tenho nada em comum com ele... eu até mesmo não sei nadar...

Você o quê???

Eu o que, o quê???

Você acabou de dizer que "não sabe nadar" ???

Sim, eu disse...

Mas como você pôde fazer rafting se você não sabe nadar???

Ah, nós usamos colete salva-vidas, não usamos?

Sim, mas você viu o que aconteceu com você?

E se o barco virasse de cabeça para baixo como o barco um?

Você poderia se afogar ou afogar um de nós tentando se salvar.

Desculpe, eu não quis causar nenhum problema, eu sinto muito!

Ok, desculpe, eu estou sendo muito severa com você num momento como esse, me desculpe.

Mas prometa que você vai aprender a nadar antes de fazermos outra aventura como essa, está certo?

Sim, eu prometo. Eu realmente sinto muito, mas eu queria tanto fazer rafting, foi um sonho que se realizou.

Ok, ok, venha aqui.

Ela a abraçou para fazer as pazes, e mostrou simpatia pela sua tristeza vendo Klaus tão envolvido com a garota Canadense.

Não se preocupe Elaine, ela vai embora final da semana que vem.

Não, eu estou bem com isso, eu só estou triste porque ele parecia ser meu número exato e agora eu não tenho nada para competir com essa mulher.

É claro que você tem! Não diga isso, você é a mulher mais maravilhosa que eu conheço, tenho certeza que Klaus pode ver isso também.

Eles só estão conversando, sabe, ele provavelmente só está sendo amigável com ela, só isso.

Não parece ser só isso; olhe como ela se esfrega nele com seu braço.

Sim, mas ele não parece estar entendendo os sinais dela.

Tudo bem, deixe-me cozinhar agora, eu não vou olhar mais para eles, eu só vou me concentrar no que estou fazendo e esquecer o resto, afinal, eu não tenho chance alguma com ele.

Eu não concordo porque ele estava muito interessado perguntando se o Jimmy era seu namorado no outro dia.

Você está brincando né?

Não, ele parecia muito triste de ver que você já tinha alguém e alguém tão legal como o Jimmy.

Verdade?

Sim.

O que você disse para ele então?

Eu disse que você era solteira e que Jimmy tinha uma namorada.

E...

E eu vi os olhos dele brilhando com a minha resposta...

Bem, mas agora ele achou alguém mais interessante...

Não Elaine, isso é só temporário... não pense assim...

Não pense o quê assim? Pergunta Hans chegando na cozinha.

Nada, diz Emily.

Eles terminaram?

Sim, sim, Klaus e Julie foram andar nos cavalos do seu pai.

Está vendo? Diz Elaine.

Tá vendo o quê?? Pergunta Hans de novo...

Nada Hans, conversa de mulher... vai lá e traz a louça suja para eu lavar.

Ok, ok, ah mulheres... sempre com segredinhos...

# Capítulo 9

## A segunda e última semana dos Canadenses no Brasil

No final do dia, Klaus diz a Hans que ele vai levar os Canadenses de volta para Florianópolis e que eles o convidaram para ficar lá com eles para ser mais fácil para o Klaus estar cedo lá para fazer os outros passeios com eles, já que eles querem fazer mais coisas em Florianópolis e no sul.

Julie parece muito feliz com isso e quando Elaine descobre ela perde suas esperanças.

Emily a acalma dizendo que ela merece o melhor e se ele não é o melhor para ela, melhor que saber agora.

Ela tenta não mostrar seu desapontamento enquanto eles se despedem deles mas ela está devastada.

Oh céus, porque tem que ser sempre assim, o que eu fiz para merecer um sofrimento desses... dessa vez eu estava tão esperançosa, ele parecia ser o certo...oh Deus, isso é demais...

Você sabe que ele é o meu tipo... eu queria tanto ter uma família e filhos...

Como eles seriam bonitos com esses olhos maravilhosos dele...Uh...

Elaine não faça isso com você mesmo... é muito duro...

Você não precisa disso, você é uma mulher maravilhosa, eu tenho certeza que tem um homem extraordinário só esperando para adorá-la.

Não desista dos homens por causa de alguns.

Olhe para mim, eu encontrei um homem maravilhoso;

ele me ama mais do que tudo e está sempre ao meu lado.

Ele faz qualquer coisa para me fazer feliz. Eu tenho certeza que você encontrará um assim quando menos esperar.

Obrigado Emily você é uma amiga maravilhosa.

Sabe o quê? Eu tenho um congresso de Oxford em Curitiba esta semana.

Venha comigo. Nós ficaremos na casa da minha amiga, ela é fantástica, e ela sempre esteve ao meu lado quando eu sofria em nossa adolescência.

Ela sempre soube o que dizer, eu passei uns momentos muito difíceis quando tinha dezessete anos.

Eu perdi meu melhor amigo em um acidente de carro e ela sabia exatamente o que me dizer, ela me acalentava, me ensinou sobre a vida depois da morte, para onde ele foi e como eu poderia ajuda-lo com orações para fazê-lo se sentir melhor.

Ela me contou que ele seria meu anjo da guarda quando ele se recuperasse do acidente e isso me fez sentir mais leve, me ajudou a me recuperar da minha perda.

Nós ficamos melhores amigas depois disso, eu devo muito a ela; ela curou meu coração partido.

Os pais dela me ensinaram muito mais sobre a religião deles e tudo começava a fazer sentido para mim.

Se eu tenho alguém a ser agradecida nessa vida além da minha família, são eles, eu devo muito a eles.

E eu tenho certeza que ela te falará coisas que curarão sua alma também, ela é muito especial.

Qual é o nome dela?

Lúcia, ela é maravilhosa. Quando eu fecho meus olhos e lembro dela, tudo que consigo ver é ela sorrindo, e esse sorriso largo dela faz valer meu dia.

Você nunca me contou sobre ela.

Bem, ela é alguém que deve aparecer na hora certa na vida de alguém, e esse é o seu momento, você precisa de um anjo.

E ela é exatamente isso. Um anjo.

Ela é casada?

Sim é. E o marido dela é extraordinário também. Ele é um físico.

Eles têm filhos?

Sim, dois adoráveis jovens rapazes... eles são muito queridos, como a mãe deles.

Pobre pai...hehehe. Você está atribuindo tudo a ela...

Não, é porque Alexandre é seu segundo marido. E ele era o "feito para ela". Pois ela entende bastante sobre "dor" também.

Ah... pobre garota...

Sim, anjos sofrem também... de qualquer maneira, você vai adorar ela.

Não seria um problema eu ir com você? Eu não quero ser um peso.

Não Elaine, você nunca será um peso para ninguém, e além disso eu estava pensando em convidá-la de qualquer maneira, porque eu não queria viajar sozinha.

Será divertido ter alguém para conversar por quase quatro horas naquele ônibus...

Nós poderíamos ir de carro, meu carro...

Não, vamos de ônibus, aí não precisamos nos estressar com o tráfico...

Curitiba tudo é perto, e a Lúcia mora longe, perto do Parque Tingui, mas lá nós vamos com ela, ela vai nos pegar na estação rodoviária.

Está certo então. O que eu vou fazer enquanto você está no congresso?

Você pode andar no Parque ou ir para o centro comigo e ficar no shopping.

Nós podemos almoçar juntas e depois do congresso nós podemos ir ao teatro.

Lúcia me falou que tem uma boa peça no teatro do shopping.

Ela pode nos encontrar depois do trabalho dela.

Por mim tudo bem... vai ser bom uma mudança de ares...

Sim, e durante a semana é mais calmo aqui, então eu acho que seus pais podem lidar com o sítio sozinhos...

Sim, sim, na verdade eles estão fechando para visitantes durante a semana por ser baixa temporada.

Nós tivemos a Oktoberfest e outras festas aqui na redondeza e agora é novembro não tem muito turismo no momento, então nós vamos fazer algumas melhorias para o verão.

Ok, nós vamos para casa agora, eu te ligo amanhã para falar a hora eu vamos pegar o ônibus na quarta feira, está bem?

Ok Emily, muito obrigado.

Não diga isso. Eu é que te agradeço porque não vou sozinha.

## *Nesse meio tempo em Florianópolis...*

Bem, hoje nós vamos ao píer embaixo da ponte Hercílio Luz para fazer um turismo de barco.

Saindo de lá nós poderemos ver uma vista panorâmica do forte de Santa Ana, seguindo pelo canal que separa a ilha da terra, então veremos vistas panorâmicas das margens do continente e norte da baía de João Paulo e Ponta do Goulart,

Ilhas Guarás, Cacupé, as praias de Santo Antônio e Sambaqui.

Com parada na grande ilha de Ratones para visitar o forte de Santo Antônio (o terceiro vértice do sistema de defesa triangular, formado também pela força da Santa Cruz e São José do Anhatomirim de Ponta Grossa) e em direção a Praia da Caieira da Armação em Governador Celso Ramos;

Parando para almoçar e nadar.

Depois do almoço, nós partimos passando pela Baía dos Golfinhos e paramos na Ilha de Anhatomirim para visitar o Forte do século XVIII.

Então retornamos para o píer. Isso é suficiente para o dia de hoje??? Pergunta Klaus.

Uau, isso é incrível diz Liam.

Grace concorda, vamos nessa.

Jacob como sempre pergunta se vai ter comida boa...

Klaus ri e responde... bem, eu espero que sim, porque nós todos vamos estar famintos...

Julie coloca seu melhor traje de banho e pega seu protetor solar. Vamos embora pessoal...

Não esqueçam suas câmeras, eu tenho certeza que terão belos pontos para se tirar fotos, diz Klaus.

Eles chegam no píer, embarcam no barco e Julie senta ao lado de Klaus; eles se tornaram bons amigos e tem muito em comum.

Klaus tira um monte de fotos dela com a câmera dela com todas as belas vistas de fundo.

Eles conhecem pessoas novas de muitos lugares diferentes; eles todos gostam muito do passeio.

Depois do almoço, eles vão a Baía dos golfinhos onde eles param para ver os botos (golfinhos) brincando nas águas, eles conseguem ver filhotes de botos com suas mães mergulhando e saltando na água.

Eles se divertiram muito durante o tour.

Quando eles chegaram no hotel Julie convidou Klaus para jantar em um restaurante diferente.

Ela quer comer pizza, porque ela disse que desde que ela chegou no Brasil ela só comeu frutos do mar.

Ele concorda com ela e convida os outros para irem a um Restaurante de Pizza na Beira Mar Norte, mas eles recusam porque estão muito cansados.

Até mesmo o Jacob está cansado para sair para comer; ele disse que ia pedir serviço de quarto dessa vez.

Onde estamos indo? Pergunta Julie.

Bem, eu não estou certo ainda, mas a Avenida Beira Mar tem muitos restaurantes diferentes, assim poderemos escolher, está bem para você?

Parece bom.

Eles veem um restaurante bonito e concordam que será legal comer lá enquanto contemplam o mar.

Eles escolhem a pizza que querem e tomam um vinho para acompanhar.

Eles conversam sobre muitas coisas diferentes e Julie pergunta a ele se ele é solteiro.

Sim, eu sou.

Você é um homem muito interessante, diz ela. Eu me sinto muito confortável ao seu lado.

Sim, eu também, ele concorda.

Você realmente vai ficar aqui no Brasil?

Esse é o plano.

Que pena...

Por quê? O Brasil é tão bonito...

Porque eu estava pensando em convidá-lo para passar algum tempo comigo no Canadá.

Nós poderíamos formar um belo casal juntos.

Sim, nós certamente poderíamos, mas eu temo que não possa.

Por quê? Você disse que era solteiro... e eu comecei a gostar de você de verdade... nós poderíamos fazer tantas aventuras por lá,

Canadá é tão bonito... ela põe sua mão sobre a dele na mesa e acaricia ela... você poderia ficar comigo em minha casa... o tempo que quiser...

Ele desliza sua mão por baixo da dela e diz, olhe, eu não sei se te passei a impressão errada, mas eu não estou disponível, quero dizer, eu sou solteiro mas meu coração já está tomado...

Uau, quem é a garota sortuda? Da Suíça? Uma namoradinha da sua cidade?

Não, ela não é de lá.

Ah, é alguém do aeroporto? Pois as garotas estavam loucas por você lá, eu notei.

Não, não, na verdade você a conhece.

Sim? Quem é? ... oh, não, nossa, não é a garota do acidente do rafting é?

A que caiu na água? Não, não, eu sou tão boba... desculpe, ela não tem nada a ver com você... ela é tão...

Doce???? Sensível??? Bonita??? Generosa???

Não, ela não é estranha... ela é muito tímida, e é isso que a faz mais especial.

Desculpe, eu não quero magoá-la aqui, é só que para mim ela é perfeita, desde a primeira vez que eu a vi na casa da Emily, eu não consegui pensar em mais nada...

Meu Deus... que danada...ela é uma garota muito sortuda...

O quê???

Desculpe, foi mal... eu só invejo essa essa... uh... droga... desculpe, eu só não gosto de perder, especialmente um homem como você...

Mas se ela é tão especial para você, tudo que eu posso dizer é boa sorte cara, eu queria ser ela, porque do jeito que seus olhos brilham quando você a descreve... uau... eu realmente adoraria ser ela...

Desculpe Julie, você é uma mulher fantástica, haverá muitos caras doidos para ficar com você, só não eu... eu realmente fui pego... sinto muito...

mas se você não se importa eu gostaria de ficar seu amigo, você é uma ótima pessoa, e eu quero manter essa amizade pela minha vida toda, se eu não te entristeço.

Não, não, você não me entristece, eu sei quando não tenho chance alguma, não se preocupe.

Eu gosto muito de você para te perder como amigo também, não se incomode, eu supero logo, essa não é a primeira vez, acredite, sempre que eu encontro ouro sempre tem alguém para reclamar os direitos de propriedade...

Mas você certamente encontrará seu próprio ouro para reclamar como seu, e ele será um homem maravilhoso para você, e te tratará muito bem, como você merece.

Ah, você é tão doce, obrigado Klaus; você realmente é um homem maravilhoso.

Então, vamos voltar ao hotel? Amanhã eu tenho que acordar cedo para viajar a Balneário Camboriú, eu tenho coisas para resolver lá.

Já que vocês todos querem um dia de folga para ir ao shopping e caminhar no centro da cidade.

Você vai voltar na sexta feira?

É claro, eu quero leva-los a Laguna, uma praia mais ao sul onde é o Museu de Anita Garibaldi a Heroína de dois Mundos.

Ela lutou na revolução entre Rio Grande do Sul o estado vizinho e Santa Catarina conhecida como a Guerra dos Farrapos com seu marido Giusepe Garibaldi.

Além de a praia ser bonita, tem também o Farol para visitar chamado de Farol de Santa Marta.

Oh, você realmente é a fim da coisa do "turismo".

É, eu estou estudando muito para guiar meus clientes.

Então, porque ela era chamada de a Heroína de dois Mundos?

Porque ela lutou aqui e na Itália também.

Bom pra você, eu posso ver que você realmente fez seu dever de casa e tem muito prazer nisso.

Sim, isso é o meu negócio.

É eu pude perceber, eu estou na mesma posição com a minha carreira.

É, eu acho que todo mundo deveria fazer o que realmente ama na vida; o efeito nos outros é incrível.

Sim, eu não poderia concordar mais.

# Capítulo 10

## Quarta feira algumas horas antes na Estação Rodoviária de Curitiba...

Olá! Como você está indo garota. Diz Lúcia.

Oi querida, ah me dá um abraço, eu senti sua falta...

Lu essa é Elaine, minha ex-aluna e amiga querida. Elaine, essa é Lúcia minha mais velha melhor amiga.

Prazer em conhecê-la Lúcia, eu ouvi muita coisa sobre você...

Coisas boas eu espero... ela diz sorrindo.

Sim, seu sorriso largo é uma das boas coisas que ouvi a seu respeito...

Ei... você Emily sempre falando boas coisas sobre mim...

Nada mais que a verdade, somente a verdade... diz Emily... você sabe o que você significa para mim...

E você para mim, minha querida amiga. Bem, vamos comer um sanduíche no Shopping Estação?

É claro, diz Emily, eu estou morrendo de fome. E você Elaine?

Eu também.

Você conhecia Curitiba?

Não, ainda não, é minha primeira vez aqui.

Ah, eu acho que você vai gostar daqui. Nós temos muitas coisas para ver e fazer por aqui. Diz Lúcia.

Ótimo... eu realmente preciso de distração...

É... Curitiba vai fazer bem para ela, diz Emily.

Quando o seu congresso começa? Pergunta Lúcia.

Amanhã. Por quê?

Nós poderíamos visitar alguns lugares esta tarde então, para apresentar a cidade para Elaine.

Boa ideia. Onde você pensa em nos levar?

Eu acho que o Jardim Botânico seria lindo para visitar porque ainda é primavera e todas as flores estão florescendo.

Está bem colorido lá agora. E o perfume quando você caminha nas trilhas no meio são restauradoras de alma.

Parecem com os campos no mundo espiritual...

Oh, é tão inspirador... nós precisamos ir lá Elaine, você vai ver sobre o que ela está falando...

Está certo, eu adoro flores, então eu posso tirar fotos lindas...

Sim, ela adora tirar fotos da natureza, é um belo hobby que ela tem, diz Emily.

Ok, então vamos comer primeiro e depois vamos para lá.

O que é aquilo? Pergunta Elaine.

Ah, é o doutor Botica, é um teatro de Fantoches, e é tão fofo.

Hans e eu trouxemos as crianças aqui muitas vezes só para assistir as peças.

Depois do almoço nós podemos vir aqui nos bancos para assistir a chamada... é uma apresentação de 10 minutos dos bonecos antes da peça começar, aí você pode ter uma ideia e também tirar umas fotos... diz Lúcia.

Depois de almoçar elas sentam lá e assistem os bonecos folclóricos apresentando um pouco do que vai acontecer na próxima peça.

As três garotas riem vendo os bonecos tomando vida.

Dentro do teatro todos os assentos são pequenos para crianças, é muito interessante e os adultos tem que sentar no mesmo nível que as crianças.

É tudo preparado para a diversão delas. Diz Lúcia.

Ah que bonitinho. Diz Elaine. Um dia eu trarei os meus filhos aqui para assistir...

Sim, é impressionante; Willi e Hanna adoravam assisti-los.

E todas as vezes que vínhamos aqui, havia uma nova peça para assistir, nós nunca perdemos nenhuma.

Era a primeira opção todas as vezes. Eles sempre contam histórias sobre o folclore Brasileiro, é muito cultural para eles e para nós também. Diz Emily.

Depois elas vão para o Jardim Botânico, onde Elaine se encanta com as flores e a estufa na forma de um Palácio de Cristal inspirado na arquitetura Inglesa do século XIX.

É tão bonito aqui, diz Elaine. É realmente um renovador de alma... obrigado por me trazer aqui.

Agora a gente podia ir ao "Bosque do Alemão". Diz Emily.

O que é isso? Pergunta Elaine.

Era uma velha fazenda de uma família alemã, os "Schaffers", transformada em 1996 em um memorial para aqueles imigrantes que chegaram aqui desde 1833 e que contribuíram grandemente com o estilo de vida de Curitiba.

Ela ocupa 38.000 metros quadrados de tamanho no Bairro Jardim Schaffer.

A maioria dessa área é densa mata nativa. O Bosque tem muitas outras atrações.

O Oratório de Bach, uma sala para concertos musicais.

A Torre dos Filósofos, com um Gazebo. A trilha de João e Maria. A Casa Encantada com uma biblioteca para crianças. A Praça da Cultura Alemã.

Somada a floresta nativa e as nascentes de água doce. E a coisa mais importante, lá você pode comer a melhor torta de frutas vermelhas.

Hehehe eu acho que nós só estamos indo lá pela torta certo? Pergunta Elaine.

É claro que não... sim, hehehe mas a trilha de João e Maria é muito interessante de ver também...

Tem várias paradas contando a estória pintada em ladrilhos, assim você caminha através dela e lê a estória completa fracionada ao longo do caminho.

Assim você queima todas as calorias da torta e do cappuccino, diz Lúcia rindo...

## Quinta de manhã no sítio dos Monteiros...

Oi Klaus, o que o traz aqui tão cedo? Você não deveria estar em Florianópolis com os Canadenses? Pergunta o Sr. Monteiro.

Sim, mas noite passada eu decidi vir para cá hoje para tomar algumas atitudes.

Ah, que bom, posso lhe ajudar com alguma coisa?

Na verdade você pode, eu voltei aqui para convidar a Elaine para voltar comigo para Florianópolis para visitar a praia de Laguna com os Canadenses.

Vocês poderiam lhe dar um dia de folga para ir comigo?

Sim nós poderíamos, mas ela não está aqui.

Ela está na casa principal?

Não ela saiu.

Como assim?

Ela foi para Curitiba com a Emily para um congresso; elas só voltarão no domingo.

Congresso? Que congresso?

Um congresso de Inglês para professores, e Elaine foi junto para tirar uma folga.

Ela está bem?

Não, na verdade não, diz a Sra. Lena.

Por quê?

Shhh Lena, não é problema seu...

Sim, é, ela é minha filha e ela é problema meu quando está triste.

Por que ela está triste? Pergunta Klaus preocupado. O que aconteceu?

Você aconteceu, diz a Sra. Lena.

Shhh Lena não diga mais nenhuma palavra.

Shhh você, eu vou dizer o que tiver que dizer para ajudar minha filha.

Ei, ei, vocês dois, se acalmem, me digam o que está acontecendo com ela? Por que "eu aconteci"?

O que eu fiz?

Você não sabe? Pergunta Lena já brava.

Não, eu não sei. Diga-me por favor.

Está bem. Elaine está muito atraída por você, desde que ela te viu pela primeira vez na casa da Emily; ela não fala de outra coisa a não ser você.

Verdade? Eu não sabia disso. Eu estou muito atraído por ela também, eu acho, não, eu sei, eu amo ela desde que coloquei meus olhos nela pela primeira vez na casa de Emily também.

Então vocês estão me contando que ela me ama também? Isso é fantástico. Mas por que ela está triste então, eu não entendo.

Bem, domingo passado você estava tão envolvido com aquela garota Canadense que ela perdeu a esperança de vocês dois ficarem juntos um dia.

Então a Emily a levou para Curitiba para tentar mudar de ares e voltar para casa com uma nova perspectiva de vida.

Eu, envolvido com a Julie?

Não, desculpem se parecia isso, mas eu não tenho nada a ver com ela, para lhes falar a verdade, ela queria algo a mais comigo, mas eu disse a ela que eu estou completamente apaixonado pela Elaine e que ela não teria nenhuma chance comigo.

Ah, então você não tem nada com ela? Pergunta Lena.

Não, é claro que não, eu não sou um cara frívolo, eu quero construir uma família de verdade, eu não poderia ter nada com uma garota que só veio por duas semanas para visitar o Brasil.

E além disso ela mora no Canadá, eu não quero morar lá; eu estou fazendo minha vida aqui.

Eu quero ficar aqui para sempre e de preferência com a Elaine se vocês derem suas bênçãos é claro.

Eu sabia filho. Desde que você colocou o pé aqui na primeira vez, eu soube que você era um cara decente.

Aquele que a gente queria para a nossa filha preciosa. Ela merece o melhor; ela é uma pessoa maravilhosa e precisa de um homem de verdade ao lado dela para cuidar dela. Diz o Sr. Monteiro.

Como você fez quando ela caiu do barco. Diz Lena.

Ah, ela contou isso.

Sim, esse foi um dos seus atos heroicos com ela. Ela também contou que você a salvou dos piratas...

Bem filho, mas agora você tem um problema.

O que você quer dizer?

Ela foi para Curitiba para tentar te esquecer, para recomeçar do zero quando ela voltar. Diz o Sr. Monteiro.

Por que você diz isto? Quanto tempo ela vai ficar lá? Não é só até domingo?

Ela não sabe ainda, mas ela ligou noite passada perguntando se ela poderia ficar mais tempo para fazer um curso curto em turismo e recreação para os visitantes daqui.

Ah droga... eu achei que eu iria convidá-la para um encontro de verdade hoje e começar um relacionamento com ela para o resto de nossas vidas...

Shhh não fale nomes feios. Diz Lena. Não perca as esperanças ainda.

Ela não está se mudando permanentemente, ela só está melhorando o nosso negócio aqui com conhecimento.

Quando ela nos falar a data que ela vai voltar nós avisamos você, está bem?

Está bem... o que eu posso fazer... se eu soubesse antes, eu nunca deixaria pensar que eu tinha interesse em outra garota e pior, na frente dela, pobre Elaine, ela deve estar arrasada.

Vocês ficarão bem. Deixe o tempo trabalhar em favor de vocês dois.

O que nos concerne, vocês têm a nossa aprovação total.

Isso é bom saber, mas agora eu tenho que convencê-la que eu não sou um cara mau.

Dê tempo ao tempo e toda peça se encaixará perfeitamente no lugar certo.

Agora siga seu caminho e se estabeleça aqui para ter um futuro para oferecer para ela, aí ela vai se sentir segura ao seu lado.

Ok, obrigado vocês, e eu sinto muito por decepcionar todos vocês, eu nunca intencionei fazer isso.

Agora eu tenho que ir ver se consigo encontrar o Hans antes de voltar para Florianópolis.

# Capítulo 11

## Alguns meses depois...

Willi está muito entusiasmado com a carta formal da Rainha para sua família.

Ela está confirmando seu suporte ao último ano do ensino médio em Oxford e o curso de Paleontologia na Universidade de Portsmouth na Inglaterra.

Ele tem que se mudar para Oxford até o mês de abril para se preparar para o exame de proficiência para ser aceito pela escola de ensino médio.

Ela também providenciará um tutor para prepara-lo para isso.

A Rainha também os convida junto com a família Jones para jantar tão logo eles chegarem na Inglaterra no Castelo de Windsor onde ela fica durante a primavera.

Como os negócios de Hans estão pegando fogo nesta época, Emily está tirando uns dias de folga para acompanhar Willi no processo de mudança.

Uhu... eu vou conhecer a Rainha... diz Emily muito emocionada.

Posso conhecê-la também mãe? Pergunta Hanna.

Não querida, você vai ficar com sua avó durante o dia e à noite com o pai e o tio Klaus, ok?

Posso ficar o tempo todo com a vovó então? Pufa, pufa, por favor!!!

Está certo, mas quem vai alimentar Penélope e Spotty?

O pai. Por favor mãe, eu adoro ficar com ela... será as minhas férias...

Mas você tem que ir para a escola, eu falarei com seu pai para te pegar lá e te levar para a escola, ok?

Obrigado mãe, te amo!!


Elaine terminou seu curso em Curitiba e voltou para casa cheia de ideias novas para o negócio deles.

Klaus tentou falar com ela, mas ela ainda o está evitando e ele não sabe mais o que fazer.

Fica tranquilo Klaus; ela vai mudar de ideia em algum momento.

Você tem que ser paciente. Eu falarei com ela antes de viajar, ok?

Ok, obrigado Emily, você é uma ótima amiga.

Não se preocupe, eu sei que vocês gostam um do outro, é só que ela tem medo de se machucar de novo.

# 12 de Abril...

Você está pronto Willi? Klaus está esperando para nos levar até o aeroporto.

Quase... eu só tenho que pegar mais algumas coisas, só um segundo...

Está certo, eu vou dar uma ligada para a Elaine enquanto isso.

Ok mãe, estou pronto, vamos?

Ok, tudo certo, nós podemos ir Klaus. Na semana que vem Elaine vai ligar para você para convidá-lo para sair, daí vocês poderão conversar, ela disse.

Obrigado Emily, você é a melhor.

Nem se esquenta, vocês dois merecem o melhor.

## Nesse meio tempo no sítio dos Monteiros...

Sim pai, além do curso de recreação turística eu fiz um em Turismo Rural e acomodação.

Foi muito produtivo. Eu vi um projeto muito interessante lá que nós poderíamos aplicar aqui, nós temos espaço para isso.

Bem, eles disseram que as pessoas estão procurando por locais rurais para passar finais de semana só para relaxar e trocar de ares.

Eles ficam em pequenas cabanas, tudo bem rústico, com um forno à lenha, mesa rústica com bancos. Beliches tudo em um ambiente só.

Hum, como você planeja isso para aqui? Pergunta Sra. Lena.

Bem, nós temos bastante terra aqui, nós podíamos construir algumas cabanas de madeira, e tudo que vai dentro é de tábuas de construção também, exceto pelo fogão que é de pedra e tampo de ferro. E a pia é de pedra também.

E os banheiros?

Eles já existem, na área comum.

Hum... interessante... diz o Sr. Monteiro. Nós temos as pedras aqui perto da cascata, elas só precisam ser cortadas,

Eu conheço alguém que poderia fazer isso para nós por um preço justo, e as tábuas de construção nós podemos conversar com construtores e consegui-las bem baratas.

E os tampos de ferro, o velho ferreiro pode fazê-las para nós. Diz Elaine muito entusiasmada.

Ok, mas como vamos trazer as pessoas para cá para ficar um final de semana? Pergunta o Sr. Monteiro.

Ah, eu posso enviar e-mails com nossos panfletos para todas as empresas do estado e para os estados vizinhos.

Nós podemos oferecer pequenas reuniões de empresas para os patrões e funcionários treinarem a trabalhar em grupo, dando a eles missões para cumprir.

Como uma gincana. O que vocês acham?

Bem eu acho que nós vamos arrebentar, diz Ralph se aproximando. Mas quem vai entreter essas pessoas?

Deixe-os comigo, eu fui treinada para isso no nosso curso de recreação, mas eu não posso fazer isso sozinha, eu vou precisar da sua ajuda Ralph.

Okedoke, pode apostar...

E isso seria oferecido para a baixa estação, então nós teremos turismo para o ano todo.

Ótima ideia... diz a Sra. Lena.

Negócio fechado minha filha... diz o Sr. Monteiro.

Eu vou pedir ao Hans e Klaus alguma ajuda para fazer todas essas novas mudanças...

Mas pai a Elaine não fala mais com o Klaus. Diz Ralph.

Bem, é tempo de crescer e lidar com os obstáculos minha querida; você é grande o suficiente para superar este problema.

Não se preocupe pai, a Emily me convenceu a sair com ele e lidar com os nossos problemas...

Ah, isso é maravilhoso minha querida, diz a Sra. Lena, ele é um bom rapaz.

Bem, vamos ver....

## *No aeroporto...*

Aí cara, obrigado por tudo que você fez por mim, eu vou sentir sua falta lá.

Eu vou sentir sua falta também garoto, diga oi para todos por mim, ok? Diz Klaus.

É claro.

Bem Klaus nós temos que ir, tenha uma boa viagem de volta para BC, está bem? E boa sorte com a Elaine na semana que vem.

Obrigado Emily, boa sorte com a Rainha lá.

Eu vou jantar com ela... hehehe.

Tenham um bom vôo vocês dois!

Tchau!

# Capítulo 12

## O encontro com Elaine...

Alô Klaus, é você?

Sim Elaine? O que está acontecendo? Você parece estar nervosa...

Klaus, você poderia vir para cá o mais rápido possível?

O que aconteceu?

É o meu pai, ele estava começando a trabalhar em uma das cabanas e uma viga caiu sobre ele e eu não sou forte o suficiente para tirar de cima dele. Eu preciso de ajuda.

Cabanas???

Eu te explico depois...

Ok, onde está o Ralph?

Ele está na escola, e a mãe foi ao supermercado no centro. Você pode vir rápido?

Sim, é claro, estou indo, na verdade eu já estou perto do sítio; eu estou ajudando o Hans numa instalação.

Ele vem comigo, não se preocupe em menos de cinco minutos estaremos aí. Ele está consciente?

Não, não está, eu acho que ele desmaiou de dor.

Ok, coloque o seu dedo no pescoço dele.

Ok.

Você sente pulso?

Sim, fraco mas sim.

Ok, Hans já está chamando o 193 para ajuda. Fica calma já estamos quase aí.

Eles chegam lá e correm para a cabana para ajudá-lo.

Chegando lá, eles veem a situação feia, a viga estava sobre as duas pernas dele e sangue correndo pelo chão.

Ok Hans no 3, 1, 2, 3 agora!

Eles tiram a viga de cima dele e veem que seu fêmur direito está quebrado em uma fratura exposta.

A perna esquerda tem um corte profundo e está sangrando muito.

Hans, pegue a minha camisa na van, rápido.

Hans corre para a van e traz de volta a camisa dele.

Ok, rasgue uma tira longa para fazermos um torniquete.

Ok, aqui está.

Ok, agora me ajude a levantar a perna dele.

É o suficiente?

Sim, deixe-me enrolar ao redor e dar um nó apertado.

Bom, o sangramento está contido. Ufa...

Como está o batimento dele?

Está um pouco mais forte, diz Elaine.

Bom, olhe, a ambulância já está aqui, vamos leva-lo para o hospital. Diz Klaus.

Os paramédicos o colocam numa maca e administram oxigênio, dão algumas injeções para dor e para trazê-lo de volta.

Ele acorda e eles perguntam se ele está bem. Ele responde positivamente, e eles o colocam na traseira da ambulância e dirigem para o hospital.

Elaine está em lágrimas. Klaus a abraça para acalmá-la.

Eu vou com a ambulância para ajuda-los a segurar a perna dele e vocês nos seguem, ok? Diz Hans.

Ok, vamos Elaine. Diz Klaus. Ele a conduz para a van sem se afastar dela.

Obrigado Klaus, eu não sei o que eu faria se não fosse por vocês dois nos ajudando.

Eu estava com tanto medo. Eu achei que ele ia morrer. Eu entrei em pânico.

Não se preocupe Elaine, ele vai ficar bem. Ele só vai ter que descansar um pouco para se recuperar dos machucados,

mas depois disso ele vai ser normal de novo, ele é um homem muito forte.

Sim, ele é, ela diz soluçando. Ele é forte e teimoso, eu disse para ele para esperar até que ele conversasse com vocês dois para ajudar a levantar aquela viga, mas ele disse que podia fazer sozinho.

E graças à sua teimosia, nós não terminaremos as cabanas a tempo.

Eu terei que cancelar nosso primeiro contrato com a empresa do Paraná.

Ah, eu não sabia de nada disso. Quando eles virão?

Em duas semanas.

Quantas cabanas eles precisarão?

Cinco.

E quantas estão prontas até agora?

Nenhuma. É tão triste; nós iríamos ganhar todo dinheiro necessário para pagar nossas dívidas com essas melhorias, agora estamos perdidos...

Não Elaine, não fique triste, Hans conhece um bom carpinteiro, ele pode conversar com ele e eu o ajudo e nós as terminaremos em tempo para o grupo.

Mas nós não podemos pagar nenhum carpinteiro agora.

Não se preocupe com isso, eu verei o que podemos fazer, ok? Vamos cuidar do seu pai primeiro, e então nós resolveremos esse problema. Uma coisa de cada vez.

Ok, está bem, você está certo, eu só estou muito assustada para pensar claramente.

Eles chegam ao hospital, e os médicos o levam para a sala de emergência para decidir o que fazer.

Eles rapidamente veem que ele precisa ser operado para reparar a perna direita. Então eles o levam para a sala de cirurgia e fecham a porta atrás deles.

Hans, Klaus e Elaine vão para a sala de espera e Elaine liga para a sua mãe para contar o que aconteceu.

Logo sua mãe chega ao hospital também com Ralph junto.

Eles esperam por quase três horas até finalmente um médico vem e diz a eles que ele vai ficar bem e que em alguns minutos ele estará em seu quarto para descansar.

Eles respiram aliviados e vão ao seu quarto para esperar por ele.

Hans diz a eles que ele precisa voltar para terminar o que ele estava fazendo na casa seu cliente. Klaus diz que ele vai leva-lo lá e voltará para fazer companhia para eles. Meia hora depois Klaus está de volta e o Sr. Monteiro já está no quarto.

Ele parece grogue por causa da anestesia, ainda não falando claramente.

Eles ficam lá com ele por algum tempo e depois eles voltam para casa.

A Sra. Lena fica com ele no hospital para passar a noite e Elaine e Ralph vão com Klaus.

Quando eles chegam ao sítio, Ralph salta da van e vai alimentar os cavalos e as vacas. Elaine fica com o Klaus um pouco mais para conversar.

Engraçado como as coisas acontecem, eu estava pensando sobre ligar para você hoje para te convidar para sair, mas aí você me ligou para ajudar seu pai. Diz Klaus.

E aqui estamos juntos mas não em um encontro.

Sim, eu estava pensando em te ligar hoje também... eu queria te falar o quanto eu fui estúpida em pensar mal de você.

Não, você não é estúpida, como você poderia saber se eu estava interessada na Julie ou não. Parecia ser verdade.

Sim, mas eu deveria saber melhor. Você sempre esteve lá para nós quando nós precisamos; você sempre esteve ao meu lado quando eu mais precisei.

Você salvou minha vida duas vezes. Como eu pude ser tão idiota...

Não, não, ele passa sua mão por entre os cabelos dela acariciando, e ela olha para baixo timidamente;

Com a sua outra mão ele levanta seu queixo cuidadosamente e ele a beija em sua testa uma vez, ela fecha os olhos e ele beija sobre suas pálpebras suavemente;

então desce em direção a sua boca e sela seus lábios nos dela.

Eles se beijam por um longo tempo.

Quando eles se separam ela olha para ele diretamente nos olhos e ela o beija novamente com todo seu coração.

Ele se sente preenchido com seu carinho e amor.

Nos dias seguintes Klaus vem com o carpinteiro para finalizar as cabanas.

De vez em quando Elaine aparece com um copo de suco gelado para eles beberem, assim ela pode ficar um pouquinho mais ao lado de Klaus.

Eles trocam olhares afetuosos e sorrisos sutis. Eles preferiram manter em segredo enquanto seu pai estava se recuperando do acidente e dessa forma eles podiam se conhecer melhor e ter certeza sobre o relacionamento deles.

Eles fazem muitas coisas juntas agora, inclusive uma porção de encontros românticos e toda vez que eles têm visitantes no sítio, Klaus fica lá para ajudar a eles a assistir aos clientes e ajudar a Elaine a organizar as recreações.

Klaus também pega os visitantes no aeroporto ou estação rodoviária e os leva para o sítio e os ajuda a se acomodar em suas cabanas.

Ele ensina como lidar com o fogo e o fogão a lenha.

Elaine está muito feliz com tudo que ela está vendo, pois eles estão com reservas para os próximos seis meses.

Dinheiro entrando, e eles estão extasiados com os comentários dos visitantes em seus reviews.

Eles também davam novas ideias para incorporar ao sítio e as recreações, as quais ela apreciava muito, assim o negócio crescia confiante.

# Capítulo 13

## *Nesse meio tempo na Inglaterra...*

Olá!

Oi Anna Beth, obrigado por nos pegar no aeroporto.

De nada Willi. Sra. Schönenberg.

Me chame de Emily, Anna Beth; nós somos amigas agora, não precisa mais de formalidades.

Bom dia Sr. Jones, como vai o senhor?

Bom dia Willi, eu estou bem, e como foi a sua viagem?

Cansativa, mas ok, nós só não tínhamos muito espaço para as nossas pernas...

É, eu sei o que é isso... eles acham que nós somos todos pigmeus...

Bem, creio que vocês têm todas as suas bagagens, certo?

Sim, nós temos. A maioria é minha, já que a minha mãe só vai ficar mais uns dias para me ajudar a me adaptar

Está bem, vamos indo. Nós vamos dirigir até Oxford para vocês se organizarem e amanhã à noite nós vamos para Windsor para encontrar a Rainha para jantar.

Uau, já?

Sim Willi, ela quer nos encontrar para conversar a respeito de seus planos para você e Anna Beth.

Ok, a mãe está muito empolgada para conhecê-la.

Sim, vai ser extraordinário. Um sonho se transformando em realidade... diz Emily sorrindo...

Sim, para todos nós eu suponho. Diz Anna Beth.

Verdade? Mas você é Inglesa. Diz Willi atônito.

Sim, mas nós não podemos jantar com a Rainha todos os dias... na verdade ninguém pode. Só se convidado.

Ok, você está certo. Afinal ela é a Rainha... diz Willi.

Eu achei que estaria mais quente aqui agora, diz Emily.

Sim, poderia ser, mas a primavera aqui é doida... nós temos as quatro estações em um dia....

Eu espero que você tenha trazido roupas quentes, diz a Sr. Jones.

Não muitas, mas se eu precisar mais sempre tem uma grande loja de roupas baratas em toda cidade que vamos...

Com certeza... minha esposa pode levar você lá se precisar.

Ah, obrigado. Eu só espero que amanhã esteja mais quentinho...

Não de acordo com a previsão de tempo...

Ô, ô.... então eu vou precisar comprar um sobretudo para amanhã à noite... para não tremer a noite toda.

Não se preocupe Bella conhece todas as lojas boas no centro. Diz o Sr. Jones.

Quando eles chegam à casa do Sr. Jones, Bella recebe Willi com um grande abraço.

Oh, Willi como eu senti sua falta meu garoto. Diz Bella.

Eu também, diz Willi abraçando-a também. Oi Sean, como você cresceu cara!!

Oi Willi, eu estou mais velho também! Diz Sean entusiasmado.

Venha comigo eu vou mostrar seu quarto. Você sabia que vai ser meu vizinho?

É? Como assim? Pergunta Willi.

Você vai dormir no quarto ao lado do meu.

Legal.

Venha Emily, eu vou te mostrar seu quarto, diz Bella.

Ok, obrigado.

Se você quer tomar um banho para relaxar um pouco, aqui está o banheiro, e aqui seu quarto.

Que bonito, e que bela vista dos campos de flores...

Eu achei que você ia gostar. Diz Bella sorrindo.

Mãe, ah, aí está você. Eu vou ver os cães com o Sean e a Anna Beth, ok?

Tudo bem filho, eu vou tomar um banho e relaxar um pouco. Voos podem bem ser cansativos às vezes.

Bom, mãe, descansa bem.

Eu vou terminar nosso almoço. Diz Bella.

Depois do almoço, eles sentam no jardim para papear.

Eles têm bastante coisa para colocar em dia.

Como vai o Spotty? Pergunta Anna Beth.

Ele está grande e muito sapeca, diz Willi.

Hanna adora ele, e a Penélope brinca com ele o tempo todo.

A Hanna não quis vir junto com vocês? Pergunta Bella.

Sim, mas a mãe achou um jeito de ela ficar lá.

O que você fez? Pergunta Anna Beth.

Eu a deixei ficar com a minha mãe o tempo todo em que eu estiver aqui e dei-lhe um York Shire dos seus sonhos.

Verdade? Oh meu Deus mais um cachorro? Comenta Bella.

Simmm... diz Emily com uma cara de ... "o que não se faz pelos filhos" ...

Qual é o nome dela? Pergunta Sean.

Não é um menino, é uma menina...

É Lucy o nome dela.

Ah como a Lucy Liu?? Pergunta Anna Beth.

Simm, responde Willi rindo...

Ela é ninja também? Pergunta Sean.

Não, mas ela é muito hiperativa.

Ela corre como doida, e quer brincar com todo mundo... ela simplesmente não para... eu a chamo de "praguinha".

Minha mãe não gosta...

Sim, eu realmente não gosto, ela é muito doce, eu adoro ela. Cães podem ser uma benção.

Sim eles podem. Nós adoramos os nossos também aqui. Diz Bella.

Na manhã seguinte eles vão à loja de roupas para procurar um sobretudo para Emily já que Willi ganhou o dele do Tenente Granger, um sobretudo da RAF.

Emily compra mais algumas roupas para Willi e eles também compram o uniforme para a escola numa pequena loja na High Street e depois disso eles caminham em frente ao Colégio de Oxford para mostrar ao Willi e Emily onde ele vai estudar.

Willi achou a escola muito interessante, os prédios antigos o fizeram lembrar-se dos filmes de Harry Potter.

Ele perguntou a Anna Beth se eles usariam varinhas mágicas também. Ela riu e respondeu que não.

Mas ela disse que alguns professores pareciam com uns dos filmes, "velhos e esquisitos".

Dessa vez Willi riu muito e eles voltaram para casa para almoçar e se preparar para o "jantar com a Rainha".

No final da tarde, eles dirigiram para Windsor e o clima estava muito bonito, mas frio.

Quando eles chegaram ao Castelo, já estava fechado para visitantes, então os guardas só abriram o portão para eles entrarem com seu carro para estacionar dentro do pátio do Castelo.

Willi estava extasiado com a visão do Castelo.

Tão logo eles entraram na sala do banquete, Emily não pôde acreditar o quanto era grande, várias pessoas já estavam lá esperando por eles.

Pessoas importantes do Governo Inglês, como o Primeiro Ministro e sua família e outros convidados de outros Países ao redor da Inglaterra tais como Irlanda, Escócia e Gales.

Eles estavam todos vestidos em trajes de gala e smoking. Willi estava se sentindo muito importante também. Sean parecia o pequeno príncipe, como o do livro.

Emily estava deslumbrada, ela não conseguia acreditar que seu sonho estava se tornando realidade dessa maneira. Era extraordinário.

Eles os estavam esperando e todos se levantaram quando eles foram anunciados pelo Mestre de Cerimonias.

Willi e Anna Beth não conseguiam acreditar em seus olhos. Eles se sentiram como realeza.

A Rainha então os chamou para sentar perto dela, Willi ao seu lado direito com Emily à sua direita e Anna Beth à sua esquerda com seus pais e irmão à sua esquerda.

Então a Rainha começou seu discurso.

"Esta é uma noite muito especial, aqui a minha direita e esquerda estão sentadas as pessoas mais importantes para a história do Reino da Inglaterra".

Este jovem à minha direita, Willi, é o crucial a nos trazer de volta a verdadeira história do Dragão que protegeu a Inglaterra de nossos inimigos da época.

Se não fosse por ele nós não saberíamos se realmente existiu este Dragão, o qual a Princesa e Jorge ajudaram a escapar da morte enviando ele para os Alpes na Suíça para viver em paz até seus últimos dias.

Este Dragão segundo Jorge e a Princesa na verdade estava mantendo o reinado a salvo e não o oposto como os inimigos tentaram dizer.

Hoje depois de muitos anos de conversa e negociação, nós estamos aqui com todos os representantes desses Países, os quais na época se opunham a nós, mas agora celebram a paz e amizade.

"Vamos brindar a esse Herói Brasileiro e ao Sr. Jones diretor do Museu de História Natural de Oxford e sua filha Anna Beth que também trabalharam duro para montar o esqueleto do Dragão".

"Saúde!" Diz a Rainha.

Saúde!!! Respondem todos sentados na longa mesa do banquete.

Depois do discurso feito pela Rainha, os convidados foram servidos com filé de halibut

(alabote) da Ilha de Gigha com alho-poró e fino molho de ervas.

Para o prato principal comeram tournedos de carne de Windsor com cogumelos selvagens e purê de agrião, servido com broto de brócolis roxo e molho holandês, cebolas assadas recheadas com queijo parmesão e germe de trigo.

Cordeiro Galês e queijo e Tatws Pum Munud (Inglês: batatas de cinco minutos)

Para sobremesa os convidados foram servidos com bomba de sorvete de baunilha com recheio de groselha de Balmoral.

E mousse de maracujá Brasileiro.

A longa mesa polida rodeada por 160 convidados foi decorada com candelabros e flores, incluindo sinos verdes da Irlanda,

Whisky da Escócia e outras flores com tons de amarelo e azul, branco e verde para representar as cores da bandeira do Brasil.

A Rainha conversa com Willi e Emily, dizendo que ela e o Hans criaram Willi muito bem, ele era um rapaz bem educado com um futuro promissor como paleontólogo.

Emily agradece a ela se sentindo muito orgulhosa de Willi.

A noite flui e quando o banquete termina eles se despedem e agradecem mais uma vez pelo convite, aí Willi diz:

Está vendo mãe? Você só queria tomar chá com a Rainha, mas no final da história você teve um banquete inteiro com 160 pessoas.

Shhh Willi, não fale assim.

Essa é uma forma ofensiva para com a Rainha.

Quem sou eu para tomar chá com a Rainha, é só um dito que eu costumava dizer, quero dizer, eu acredito que seja o desejo de todos.

Sinto muito Sua majestade. Diz Emily ficando vermelha na face.

Não seja tímida minha querida, se eu fosse você eu adoraria tomar chá com a Rainha também.

Mas como eu sou a Rainha, eu te convidarei para tomar um chá real comigo no Palácio de Buckingham numa dessas tardes.

Você pode trazer a Sra. Jones junto, assim nós poderemos conversar sobre esses dois filhos maravilhosos de vocês.

Mas vamos deixar para fazer isso quando eles já estiverem na universidade, assim teremos mais assuntos interessantes para conversar, certo? Temos um trato querida?

Certo, temos sim Majestade. Diz Emily com seus olhos brilhando com o convite.

Está vendo mãe, agora você terá um chá real com a Rainha como você sonhou.

Sim. Diz Emily sorrindo. Agora eu vou ter.

# Capítulo 14

## *Emily voa de volta para casa...*

Ok filho, eu tenho que ir. Se cuide e obedece ao Sr. E Sra. Jones, está bem?

Está certo mãe, não se preocupe eu vou ser um bom rapaz. Diz Willi.

Tchau Anna Beth, estudem bastante vocês dois, mas nunca se esqueçam de se divertir um pouquinho também.

Não se preocupe Sra. Schönenberg nós vamos ter bastante diversão aqui com meus amigos.

E eu, diz Sean, bem rápido.

Sim, é claro, com você também.

Dê um abraço no Spotty por mim, Sra. Mãe do Willi

Ok, eu darei, diz Emily. Mas você pode me chamar de tia Emily, Sean.

Ó, posso? Obrigado, seu sobrenome é realmente difícil para mim ainda.

É, eu sei, sobrenomes alemães podem ser bem complicado às vezes hehehe.

Está bem crianças, sejam bons para sua mãe. Tchau Bella, boa sorte com eles!

Ah, não se preocupe, eles são bons garotos, então não terei muito trabalho.

Se você diz. Diz Emily sorrindo. Obrigado por tudo Sr. Jones. Você e Bella são como segundos pais para o Willi. Eu espero que nós possamos retribuir um dia.

Ah, Emily, não se preocupe com isso, é um prazer para nós ter Willi conosco, e além disso ele é parte da nossa história agora também.

Sim, isso é verdade. Ok, tchau pessoal.

Tchau Emily tenha um bom voo de volta para o Brasil.



## *Dois dias depois...*

Ah, é tão bom estar de volta em casa ... como estão as coisas por aqui?

Está tudo bem, uma porção de trabalho... a Hanna se divertiu muito ficando com a sua mãe.

Ela adorou a Lucy e deixou-a ficar lá com a Hanna. Diz Hans.

Tá brincando? No apartamento dela?

Sim. A Hanna estava tão feliz que pediu para a vó se ela podia levar o Spotty também.

Hehehe coitada da mãe...

É, mas ela disse que não, para esse pedido hehehe.

Onde elas estão agora?

Ah provavelmente chegando aqui a qualquer momento... sua mãe disse que seria mais fácil ficar com ela até que você se recuperasse um pouco da diferença de fuso horário

A mãe sempre se preocupando comigo.

Ah, aí estão elas... oi garotas... uh me dê um abraço meu bebê adorado...

Eu não sou mais bebê mãe. Eu já sou crescida. Diz Hanna.

Desculpe querida, eu esqueci como o tempo passa rápido...

Oi mãe, como você lidou com ela e a Lucy? Pergunta Emily.

Sem problemas, ambas são boas garotas. Agora vamos sentar e me conte tudo sobre o jantar com a Rainha, eu estou muito curiosa...

Emily sorri; elas sentam na sala e Emily começa a contar...

# *Nesse meio tempo no sítio...*

Você sabia que a Emily já voltou para casa? Pergunta Klaus para Elaine.

Oh, eu achei que ela iria ficar um pouco mais com o Willi.

Não, ela disse que ela fez tudo que tinha para fazer lá, ele já é um homem feito e tem que caminhar com as próprias pernas.

"Mais ou menos" ... hehehe.

Sim, mas eu acho que ela está certa, vai ser uma grande experiência para ele.

Eu fui morar sozinho quando eu tinha 18 um pouco mais tarde do que o Willi, mas foi a melhor coisa que eu fiz. Você vê a vida de um ângulo diferente.

Uh... eu não posso dizer o mesmo porque eu sempre morei com os meus pais, mas eu acredito que é um grande passo.

Principalmente para homens.

Sim, eu acho que todo homem deveria morar sozinho quando completam 18 anos, eles seriam mais fortes como um pai de família.

Uhmm isso quer dizer que você está pronto para começar uma família?

É claro que sim. Eu quero ter filhos também.

Ah, você quer?

Você não? Ele pergunta.

É claro que quero.

Quantos filhos você quer ter? Pergunta Klaus animado.

Eu não sei ao certo, talvez dois. E você Klaus?

Tantos quantos eu possa sustentar.

Uhm, isso quer dizer o quê, uns 10?

Você tá brincando? 15, um time de futebol com alguns reservas. Hehehe.

O quê??? Você tá doido???

Não, eu só estava querendo ver sua cara de desespero... hehehe.

Ah, você!! Falando sério, quantos filhos você quer ter de verdade?

Eu acho que dois tá bom. Mas nós podemos treinar bastante se você quiser...

Klaus!!! Meu Deus, você está assanhadinho hoje...

Desculpe, é só que eu gosto de te ver ficar vermelha, você fica tão fofa quando fica assim...

Seu tolo!!!

Ah, tá vendo? Tão bonitinha... hehehe venha aqui...

E ele a abraça, ela dá um tapinha no peito dele e ele segura as mãos dela e começa a beijá-las gentilmente...

Aí ela olha para ele e diz, você é o homem mais incrível que eu já conheci em toda a minha vida.

Eu te amo Klaus.

Eu nunca pensei que teria coragem para dizer isso para alguém, mas você é muito especial.

E perfeito...

Ah, você... e ela tenta bater nele de novo, mas dessa vez ele a beija com todo o seu coração.

Ela corresponde com a mesma energia, ela não poderia estar mais feliz...

de repente eles ouvem alguém aplaudindo... eles se viram para olhar e é Lena, mãe da Elaine vindo na direção deles.

Ah mãe, desculpe, eu...

Não minha querida, não precisa se desculpar, eu estou muito feliz por vocês.

Eu sempre achei que vocês dois formavam um casal perfeito. Espere até seu pai saber disso.

Não mãe, não conte para o pai, ele ainda está se recuperando do acidente, eu não quero deixa-lo nervoso. Você sabe como ele é ciumento.

Ah, não se preocupe querida, ele só estava preocupado que você pegasse o cara errado, mas ele foi o primeiro a me dizer que o Klaus seria o genro perfeito para ele, desde o primeiro dia que ele o conheceu.

Verdade mãe? Por que você não me contou isso antes?

Porque eu não quero influenciar suas decisões. E havia aquela garota Canadense, então eu não queria te dar falsas esperanças.

Uau, e eu nem notei que a Julie estava interessada em mim até que ela me contasse,

mas eu disse imediatamente que eu estava apaixonado pela Elaine, nem mesmo sabendo se a Elaine estava interessada em mim ou não.

Quando vocês pretendem contar para o seu pai? Pergunta Lena.

Eu não sei, eu acho que é melhor esperar ele ficar mais forte.

Bem, eu acho que ele se recuperaria mais rápido se ele soubesse que tem um novo filho.

O que você acha disso Klaus? Pergunta Elaine preocupada.

Eu acho que nós poderíamos organizar um almoço para o próximo domingo com a Emily e o Hans aí nós contaríamos para todos eles junto.

O que você acha?

Se você concordar Elaine, eu ficaria feliz de preparar uma boa "Bamba de Couve" para todo mundo.

O que é isso? Pergunta Klaus curioso.

Bamba de Couve? É feito com molho de carne engrossado com farinha de milho, ovos, repolho e linguiça.

É realmente muito bom e é típico da minha terra natal Minas Gerais. Diz Lena.

Emily vai adorar isso, ela sempre pediu para mãe fazer, mas nós não tivemos nenhuma ocasião especial para fazer... até agora...

Sim, boa ideia, eu vou adorar experimentar também, eu adoro comida diferente.

Está certo então, você os convida para domingo Klaus. Diz Lena sorrindo, e eu faço "Ambrosia" para sobremesa.

Uhmm... delícia... eu adoro ambrosia. Diz Elaine.

O que é isso? Pergunta Klaus sorrindo...

É simples, é só leite, ovos, raspas de limão, açúcar e canela cozidos todos juntos, quando ela está pronta e fria é colocada na geladeira para gelar, aí é servida em potinhos de sobremesa.

Mmm... parece maravilhosa... eu certamente vou adorar isso também... diz Klaus suspirando...

Elaine e Lena riem do suspiro dele.

# Capítulo 15

## O almoço de domingo...

Que dia lindo para comer comida Mineira, diz Emily.

Sim, e frio, esse prato é melhor ser comido em dia frio, então isso faz de hoje o dia perfeito para isso. Diz Lena.

Ok rapazes, vocês poderiam montar uma mesa grande para todos nós, por favor? Pede Lena.

É claro, Hans, me dá uma mão aqui. Diz Klaus.

Certo. Ralph venha aqui nos ajudar, pode ser?

Está bem. Responde Ralph.

Hanna você ajuda eu e a Elaine a arrumar a mesa, ok?

Ok mãe. O que nós vamos beber?

Eu já preparei suco de morango, diz Elaine.

Mmm... eu adoro suco de morango... diz Hanna lambendo seus lábios.

Emily e Elaine riem vendo a cena...

Ok, Klaus você pode trazer o pai aqui? Pede Elaine.

Okedoke!

O Sr. Monteiro ainda está na cadeira de rodas, pois é difícil de rodar no solo do sítio sozinho.

Mas ele está se sentindo melhor agora, ele já consegue caminhar um pouquinho, mas não longas distancias, então ele precisa de ajuda para chegar ao salão de refeições dos hóspedes no meio do sítio.

Emily elogia os novos empreendimentos do sítio, as novas cabanas e todas as melhorias que eles fizeram enquanto ela estava na Inglaterra.

Ela também conta a eles sobre a viagem e eles se divertem ouvindo sobre o banquete chique que ela e Willi tiveram com a Rainha.

E também conta que ela foi convidada para tomar chá com a Rainha quando ela voltar para a Inglaterra.

Eles riem quando a Hanna diz, "mas dessa vez eu vou com você, eu não perderia isso por nada desse mundo".

Como se ela entendesse a importância histórica disso.

Eu adoraria ir também disse Elaine. Afinal das contas eu não conheço a Inglaterra ainda.

Nem Alemanha, ou a Suíça também...

Você gostaria de conhecer a Suíça? Pergunta Klaus interessado.

Sim, é um sonho para mim. Eu sempre quis comer fondue de queijo lá em uma cabana nos Alpes... quando eu vejo isso nos filmes, eu sinto a mágica daquele lugar com uma lareira acesa...

Parece tão confortável, tão romântico...

Bem, o que eu posso dizer, a Suíça é a terra do romance... e você certamente ficaria linda à luz da lareira comendo fondue de queijo com um vinho maravilhoso feito nos melhores vinhedos de lá.

E com a minha companhia, é claro para ficar mais perfeito, na nossa lua de mel...

Ele se vira para o Sr. Monteiro que está extasiado com o que acabou de ouvir e pergunta:

"Sr. Monteiro, o Sr. daria a sua benção se eu casasse com a sua única e maravilhosa filha Elaine? "

Ele olha para o Klaus com um grande sorriso e diz, "é claro filho, você não poderia me trazer felicidade maior do que essa, você já é parte da família".

Então Klaus se vira para Elaine que está sentada ao seu lado, olha nos olhos dela e diz...

"Elaine, você sabe que desde a primeira vez que eu a vi na casa da Emily, eu me apaixonei por você.

Eu me apaixonei pela sua timidez, seu sorriso, do jeito que você ama a sua família, pela energia que você tem para fazer as coisas funcionarem aqui, e amo o jeito que você olha para mim, o jeito que você se importa comigo.

Você é perfeita. Você será uma esposa perfeita, uma mãe perfeita, uma companheira perfeita para todas as horas.

Elaine meu amor, você se casaria comigo?"

Ele abre a mão direita e oferece a ela um lindo anel com uma pedra azul perfeita.

"Essa pedra azul representa a beleza dos lagos Suíços congelados no inverno, os quais mantêm os corações dos amantes aquecidos para a eternidade.

Se você aceitar, seu coração nunca mais se sentirá vazio novamente; ele será preenchido com todo o meu amor e adoração. "

Elaine com seu rosto totalmente vermelho, com lágrimas rolando na sua face, olha para ele e diz...

"Klaus, você também sabe que desde a primeira vez que eu te vi, eu me apaixonei por você, eu adorei a sua liberdade,

seu jeito fácil de lidar com as pessoas, o jeito que você trata os filhos da Emily, a minha família, o jeito que você olha para mim com esse formato de olhos maravilhosos, você é perfeito para mim.

Você será um pai perfeito, marido. Você é tudo para mim, e Simmm, eu casarei com você, e seu coração nunca mais se sentirá frio ou vazio novamente, porque eu estarei ao seu lado para preenchê-lo com meu amor e adoração. "

Então ela o beija para selar o amor deles para sempre. Todos choram com a emoção de suas palavras.

O Sr. Monteiro ergue sua taça de vinho e diz

"Vida longa e muito amor para ele casal maravilhoso" Saúde!

Todos erguem suas taças e brindam juntos.

# Epílogo

A primavera está florescendo e tudo está ficando perfeito para o casamento de Klaus e Elaine.

A igreja está ficando maravilhosa com todas as mini margaridas que Elaine, sua mãe, Emily e Hanna estão usando para decorá-la.

Os rapazes estão cuidando do salão de festas da igreja para celebrar o casamento.

Eles até contrataram uma banda local para tocar. Klaus está muito entusiasmado com o dia que ele terá Elaine para sempre ao seu lado.

Seus pais estão hospedados no sítio em uma das cabanas.

Sábado à tarde, Elaine faz seu cabelo e maquiagem. Emily e Lena a ajudam a se vestir com seu belo vestido de casamento, todo bordado com pétalas de margarida.

Hanna já está vestida com seu vestido amarelo parecendo o miolo da margarida e Ralph está usando um smoking cinza claro,

eles levarão as alianças e abrirão o caminho para Elaine para o altar espalhando pétalas de margaridas no chão.

A hora chegou, Sr. Monteiro está todo sorridente conduzindo Elaine pelo corredor da igreja.

Quando eles encontram Klaus, ele beija sua filha na face e dá lado para o Klaus que a beija na testa oferece seu braço para ela.

Ele está vestindo um smoking azul marinho com uma faixa amarela na cintura e uma pequena margarida na sua lapela.

Eles sorriem um para o outro, e ficam lado a lado em frente ao padre que começa a cerimônia.

Tudo parece um sonho se realizando para Elaine e Klaus.

Depois da cerimônia, eles caminham para o salão de festas onde eles abrem a pista de dança com uma valsa e logo depois seus pais e os dela começam a dançar também.

A festa é linda e atravessa a noite. Às 2 da manhã.

Klaus e Elaine deixam o local e vão para um hotel chique para passar sua primeira noite juntos.

Na manhã seguinte eles vão para o aeroporto e voam para a Europa para passar a lua de mel.

Elaine se apaixona pela Suíça e eles decidem ficar mais tempo.

Quando eles voltam ao Brasil, eles contam aos pais de Elaine que eles vão viver seis meses no Brasil e seis meses na Suíça vendendo pacotes de viagem para o Brasil aos cidadãos Europeus e vice e versa.

Assim eles podem guia-los em ambos os lugares.

Os pais de Klaus agora aposentados os ajudam a abrir uma agência de viagem lá em Basel que eles cuidam os seis meses que eles estão no Brasil e descansam quando eles voltam.

Klaus leva Elaine para a Inglaterra para visitar Willi e a família Jones.

Ele também a apresenta ao tenente Granger que se tornou um grande amigo de Willi e dele depois da jornada para resgatar os ossos perdidos do Dragão de São Jorge. Ten. Granger está sempre em contato com Willi e Anna Beth.

Usualmente os convida para voar com ele para lugares diferentes quando ele está em alguma missão para a Rainha.

Willi e Anna Beth estão estudando duro e Willi já passou no seu exame de proficiência Inglesa para ser aceito na Universidade.

Eles fizeram um novo amigo chamado Albrecht da Luz, que veio de Portugal para estudar em Oxford para se preparar para o exame também, porque ele quer se tornar um cientista.

Quando Sean o conheceu já colocou um apelido nele "Alby" porque ele falou que era um nome muito difícil de se pronunciar.

Então Albrecht explicou que sua mãe era alemã e seu pai português e eles decidiram chama-lo com o nome do pai dela. Seu avô alemão.

Os quatro faziam uma porção de coisas juntos, eles pegavam suas bicicletas e rodavam por toda Oxford para explorar todos os cantos.

Iam a corridas de cães para observar a maneira que os donos dos cães os tratavam para relatar a organização de proteção animal qualquer abuso ou maus tratos que eles vissem.

Eles também trabalhavam nos finais de semana no Museu de História Natural ajudando o pai de Anna Beth quando havia uma exposição itinerante.

A vida estava boa e completa para todos. Todos encontraram seu jeito de ser feliz.

Alguns com família, outros com aventuras, outros estudando para valer, e outros tendo muitas estórias para contar.

Até Penélope "Doberman da Emily" adotou Spotty e Lucy como seu formando uma família alegre de cachorros.


FIM

# Nota da Autora

Essa é uma estória ficcional, apesar de alguns personagens serem reais como Elaine (nome fictício), uma ótima amiga por anos que merecia ter uma fantasia criada; talvez o sonho dela se torne realidade também. Todo mundo precisa de um pouco disso para tornar a vida mais doce.


L.S.Schwanke


• Se você quiser se juntar a Willi e seus amigos em uma nova aventura na Inglaterra

Leia o próximo livro

Os Amigos Mochileiros

Em

A vez que o Ataque Viking deu errado

<u>Obras da Autora:</u>

**Enigmas do Coração série de romances I II III e IV**

**A Família de Mochileiros**

**em**

*O Mistério da Caverna Derretendo*

*Os Amigos Mochileiros*

Série de aventuras:
Em

Livro 1

*A vez que o Ataque Viking de errado*

Livro 2
*A Missão Tiara*

Livro 3
*Missão Polônia*

Livro 4

*Missão Rússia*

Livro 5

*Missão Bermudas*

**<u>E o mais novo Lançamento:</u>**

*Nilo & Melissa*

*Viagem no Trem das Nuvens*


<u>Also in English version:</u>

<u>Romance series:</u>

Heart_Puzzle_I II III and IV

*The Backpacker Family*

in

The Mystery in the Melting Cave

<u>Adventure series:</u>

*The Backpacker Friends*

Book 1

*The time the Viking Raid went wrong*

Book 2
The Tiara Mission

Book 3
The Poland Mission

Book 4

The Russia Mission

Book 5

The Bermuda Mission

**<u>The Newest Launching:</u>**

*Nilo & Melissa*

*in*

*Journey in the Train of the Clouds*

*Todos disponíveis na <u>Amazon.com</u> de seu País*

*Conecte se comigo online*

Instagram:  lorenaschwanke